日雇い浪人生活録㊂十五

金の蠢《しゅん》動《どう》

上田秀人

時代小説文庫

角川春樹事務所

目次

江戸のお金の豆知識⑮

江戸の町の運営収支

人口の半数を占める町人に支えられた江戸の町は、武家とは別に、町内が支出する諸経費「町入用(まちにゅうよう／ちょういりよう)」で自治的に運営されていた。

町人組織は町奉行差配の下に、町年寄(3名が世襲)―町名主―家主―店子から成り、町入用は家屋敷の主から、間口の広さや土地の坪割に応じて徴収された。最下層の店子は町入用を免除されるかわりに、町政への発言権を認められなかった。

本資料では、江戸の中心部に近い町の町入用の内訳をイメージし、表にした。

項目	おおよその金額
幕府上納金	18両
町内施設(自身番・木戸など)の整備、維持	24両
橋・道路・上下水道などインフラの維持管理	9両
町火消・防火	10両
その他(ごみ捨て、諍いの調停、捨て子の養育、その他雑費)	4両
合計	約65両

※上納金以外の各項目には、人件費も含まれる。

*この表は、江戸後期の資料を参考にしたものです。
同じ資料から作成するのは困難であるため、複数の資料を参考にしました。

主な登場人物

諫山左馬介《いさやまさまのすけ》……日雇い仕事で生計を立てていたが、分銅屋仁左衛門に仕事ぶりを買われ、月極で用心棒に雇われた浪人。甲州流軍扇術を用いる。

分銅屋仁左衛門《ふんどうやにざえもん》……浅草に店を開く江戸屈指の両替商。夜逃げした隣家(金貸し)に残された帳面を手に入れたのを機に、田沼意次の改革に力を貸すこととなった。

喜代《きよ》……分銅屋仁左衛門の身の回りの世話をする女中。少々年増だが、美人。

徳川家重《とくがわいえしげ》……徳川幕府第九代将軍。英邁ながら、言葉を発する能力に障害があり、側用人・大岡出雲守忠光を通訳がわりとする。

田沼主殿頭意次《たぬまとのものかみおきつぐ》……亡き大御所・吉宗より、「幕政のすべてを米から金に移行せよ」と経済大改革を遺命された。実現のための権力を約束され、お側御用取次に。

村垣伊勢《むらがきいせ》(元芸者加壽美《かすみ》)……田沼の行う改革を手助けするよう吉宗の遺命を受けたお庭番四人組の一人。元柳橋芸者に身をやつし、左馬介の長屋の隣に住む。

堀田相模守正亮《ほったさがみのかみまさすけ》……老中首座。他の四人の老中・西尾隠岐守忠尚、本多伯耆守正珍、酒井左衛門尉忠寄、松平右近将監武元と共に、お側御用取次と対立。

井深深右衛門《いぶかしんえもん》……左馬介の父親がかつて召し放ちとされた、会津藩松平家の江戸家老。用人・山下を使い、藩の借金を分銅屋に頼もうと画策する。

布屋の親分《ぬのや》……南町奉行所から十手を預かる御用聞き。

表デザイン　五十嵐　徹
（芦澤泰偉事務所）

日雇い浪人生活録 十五

金の蠢動《しゅんどう》

第一章　荒れる江戸

一

繁華だからこそ、江戸に人は集まる。

「成り上がる機会があるはずだ」

「大名が多いということは、仕官の口もあるに違いない」

地元で食い詰めた次男以下や、浪人として生を享《う》けた者、悪事を働いていられなくなった者が江戸へとやってきた。

「お願いします」

「しっかり働きますので」

身の程をわきまえて、汗を流そうとする者はいい。信用を得るまでは、その日食べていけるくらいの生活を続けなければならないが、

「おめえ、見所があるな。日雇いじゃなく、ずっとうちで働くか」

「この間のお人をまたお願いしますよ」

不安定な状況から脱出する機会はある。

江戸は天下の城下町を誇る。当然規模が大きく、もとから住んでいた者だけで維持することはできない。それだけに他所者《よそもの》を受け入れることになれている。

「いい人がいるんだよ」

やがて妻を娶《めと》り、婿《むこ》を迎え、嫁に行って、子ができ、江戸に根付く。

だが、そうなる者は少なかった。

「これだけ人がいるのに、どうしておいらにはいい話が回ってこないんだ」

「毎日、毎日、職人の下請けなんぞやってられるか」

楽をして金を儲《もう》けたいと思って江戸へ来た者は、夢と違う現実に不満を持つ。

「あんな大きな店、国にはなかった」

「天女かと思った」

大店《おおだな》の並ぶ日本橋《にほんばし》、天下の美女を集めた吉原《よしわら》、それらに目がくらむ。

「一日働いて、三百五十文だあ。これじゃ酔うほど酒も呑《の》めやしねえ。妓《おんな》なんぞ脂粉《しふん》の匂《にお》いさえ嗅《か》げねえ」

悦楽を享受できない不満は、いつか怒りに変わる。

「馬鹿らしくてやってられるか」

仕事を放り出し、無頼《ぶらい》へと堕《お》ちていく。

「あれだけの店構えだ。さぞや金が唸《うな》っているだろう」

「少しお裾《すそ》分《わ》けをしてもらおうじゃねえか」

無頼に堕ちた連中は、盗賊になったり、

「おう、これで金を取ろうというのか」

商いに文句を付けて、強請《ゆすり》をしたりする。

「なんでも十万両あるそうだぜ」

「そいつは豪儀《ごうぎ》だ」

江戸へ出てきてさほどの日が経《た》っていないうえ、下調べをしようという考えもない。

「ちょっと脅してやれば、喜んで金を出すだろう」

すべては暴力で解決すると思いこんでいる。

「余っているところからもらうだけ」

なにより世間への恨みを晴らそうと考える。

「主《あるじ》を出しやがれ」

結果、無頼となった連中が、分銅屋《ふんどうや》などの大店へ手を出すことになった。

「どなたさまで」

あからさまに客ではなく、因縁をつけに来た連中でも、意図がわかるまではていねいに応接するのが、大店の矜持《きょうじ》である。

番頭が三人連れの無頼に問いかけた。

「誰でもいい。主を出せと言っているんだ」

「お名前もわからないでは、取次いたしかねまする」

名乗りを拒んだ無頼に番頭が首を横に振った。

「奉公人風情《ふぜい》が生意気なことをほざくな。おめえは黙っておいらたちの言うことを聞けばいいんだよ」

無頼が怒鳴った。

「……ずいぶんと賑《にぎ》やかだな」

店先での騒動は、すぐに奥へ伝わった。

呉服屋や小間物屋と違って、接客のほとんどない両替商でも店先には何人かの奉公人が控えている。

「……………」

無頼が入ってきた段階で、若い手代が一人静かに奥へと報《しら》せに入り、それを聞いた用心棒の諫山《いさやま》左馬介《さまのすけ》の登場となった。

「なんだ、おめえは」

「おいらたちが呼んだのは、この家《や》の主だ」

「食い詰めた浪人なんぞに用はない。さっさと引っこめ」

無頼たちが口々に左馬介を追い払おうとしてきた。

「番頭どの」

その無頼たちを無視して、左馬介が番頭を見た。

「お客さまではございません」

「そうか。なら、遠慮は要《い》らんな」

左馬介がゆっくりと土間へと降りた。

「なんでえ、やる気か」

「こっちは客だぞ」

無頼たちが強気を維持した。

「客だというなら、金を出すべきだろ。ここは両替屋だ。小銭を小判に、小判を銭に替えるのが商い」

すっと左馬介が右手を出した。

「うっ」

手を近づけられた無頼が詰まった。

「そ、そんな小銭の話じゃねえ。千両の話だ。浪人は黙っていろ。主を出せ」

別の無頼が言い返した。

「千両でございますか。で、わたくしにお預けではなく、借りたいと」

いつの間にか分銅屋仁左衛門《にざえもん》が、店に顔を出していた。

「て、てめえが主か」

「はい。わたくしが分銅屋でございますが」

確認した無頼に分銅屋仁左衛門がうなずいた。

「千両出しな」

「お借りになりたいならば、担保をお願いします」

無頼の要求に分銅屋仁左衛門が平然と返した。

「担保は、店を守ってやることだ」

「はて、当家にはすでに諫山さまというお方がおられますが」

分銅屋仁左衛門が、首をかしげた。

「そんな小汚い浪人なんぞ、案山子《かかし》よりも役に立たねえだろう。その点、おいらたちは違うぜ。国元では知らぬ者がいないくらいだったからな」

「ほう。それほど有名な方が……」

わざとらしく分銅屋仁左衛門が、感心して見せた。

「で、なぜ、そのようなお方が江戸へ」

「国元じゃ狭すぎるのよ。おいらたちには江戸こそふさわしい」

訊《き》かれた無頼が嘯《うそぶ》いた。

「はあ」

分銅屋仁左衛門が、精一杯のため息を吐《つ》いた。

「ちゃんとした調べもせずに、当家に強請《ゆすり》をかけるとは」

「強請だと」

「………」

雰囲気の変わった分銅屋仁左衛門に無頼たちが驚いた。

「諫山さま」

「もういいのか」

「暇つぶしくらいにはなるかと思ったのですが、おもしろくもなんともございません。時間の無駄」

たしかめた左馬介に分銅屋仁左衛門が首を左右に振った。

「なっ」

「おもしろくないとはなんだ」

無頼たちが凄《すご》むように懐《ふところ》へ手を入れて、呑んでいる匕首《あいくち》を握った。

「わたくしは奥で帳面を見てますから」

「すぐに終わらせる」

一目も無頼へ向けず奥へと足を踏み出した分銅屋仁左衛門に、左馬介が応じた。

「ふざけたまねを」

「舐《な》めるんじゃねえ」

無頼たちが匕首を抜いた。

「やめとけ、鰯《いわし》じゃ、話にもならん」

白刃にも左馬介は動じなかった。

「やかましい」

背の高い無頼が、匕首を振り回して脅した。

「危ないぞ。そんな握りかたではの」

左馬介が鉄扇《てっせん》を取り出して、前に踏みこみ空を斬っている匕首を下からすくいあげた。

「あっ」

握りが甘かったのか、あっさりと匕首が手から離れて飛んだ。

「片手で扱う得物《えもの》は、しっかりと摑《つか》んでおかねばならぬ。こういう風にな」

振りあげた鉄扇を左馬介が落とした。

「ぎゃっ」

鉄扇は匕首を飛ばされた無頼の腕に叩《たた》きつけられた。

「そっちも」

そのままの勢いを殺さず、左馬介が鉄扇を振るった。

「がっ」

「痛《いて》ええ」

残っていた二人の無頼が、激痛にうずくまった。

「おおげさな。手の骨が砕かれたていどで」

左馬介が嘲笑《ちようしよう》した。

「番頭さん、布屋《ぬのや》の二代目を呼んできていただきたい」

出入りの御用聞きを呼んでくれるように、左馬介が頼んだ。

「へい。佐吉《さきち》」

「ただちに」

左馬介の言葉に番頭が応じ、奉公人の一人が駆けだしていった。

「さて、こいつらが逃げても面倒になる」

左馬介が呻《うめ》いている無頼たちへと近づいた。

「や、やめろ」

「助けてくれ」

「二度とこんなことはしない」

三人の無頼が血相を変えて懇願した。

「人を殺してから、御免は通じぬよな」

冷たく左馬介が言った。

「ひっ」

無頼の一人が気を失った。

「わ、わ、わ」

惑乱《わくらん》した無頼が、外へ逃げ出そうとした。

「おとなしくしてればよいものを」

左馬介が鉄扇を投げつけた。

「ぐへっ」

膝《ひざ》に鉄扇を喰《く》らった無頼が転がった。

「あああ、足、足が」

膝の関節を砕かれた無頼が膝を抱えて苦鳴《くめい》をあげた。

「おまえはどうする。黙って縛られるか」

「…………」

左馬介に見られた残り一人の無頼が、無言で何度も首を縦に振った。

御用聞きが来て、無頼どもを引っ立てて行くのを見送った左馬介は、分銅屋仁左衛門の待つ奥へと足を運んだ。

「終わりましたか」

算盤《そろばん》から目を離さずに、分銅屋仁左衛門が確認した。

「布屋の二代目に引き渡した」

「結構でございます。ご苦労さまでした」

計算を終えた分銅屋仁左衛門が、顔をあげた。

「諫山さま、最近あの手の連中が増えたと思いませんか」

「増えたと思う。すでにこの月に入ってから、三度目だ」

分銅屋仁左衛門の意見に左馬介も首肯《しゆこう》した。

「世情が不安になってきている……」

難しい顔で分銅屋仁左衛門が、腕を組んだ。

「無頼は食い詰めるから生まれる」

「食い詰めてもないくせに、強請《ゆすりたか》集りをする者もおるぞ」

左馬介が分銅屋仁左衛門の考えに口を出した。

「生まれつきとまでは言わぬが、まじめに働く気のない者はいる」

「それを否定はいたしませぬよ。己《おのれ》に甘い者は商人のなかにもいますからね。努力が嫌い、考えるのが面倒、力さえあればなんでもできると思いこむ連中は多い。ただ、ここ最近、諫山さまのおかげで、当家に馬鹿をしでかす無頼はいなくなっていましたが……」

「地《じ》の者ではないか」

分銅屋仁左衛門の言いたいことを左馬介は読み取った。

できる用心棒がいるとわかっている店へ、強請や集りに出向く愚か者はいない。手痛い目に遭わされて、町奉行所へ突き出されるのが落ちだからである。

そして、今までの実績もあり、左馬介の評判は浅草《あさくさ》辺りに轟《とどろ》いている。

「手出しするな」

「某《なにがし》が金をせびりにいって、痛い目に遭ったらしい」

浅草近辺を縄張りにしている無頼、盗賊、騙《かた》りの類いは、分銅屋を鬼門扱いにして近づかなくなっていた。

それが最近、金をせびりに来る者がふたたび出だした。

「他所者が浅草に入りこんでいるのではないかと」

「江戸者ではなさそうだったな、先ほどの連中も。どこのものかまではわからぬが、訛《なま》りがあった」

分銅屋仁左衛門の考えに左馬介も納得した。

「一旗揚げに江戸へ来て、堕ちた者」

「最初から堕ちていて、江戸で稼ごうと思った奴《やつ》」

二人が顔を見合わせた。

「御政道がよろしくない表れでございますな」

「分銅屋どの」

あっさりと幕政批判をした分銅屋仁左衛門を左馬介が抑えようとした。いかに老中たちと膝詰めで話ができ、御三家《ごさんけ》へ出入りできる分銅屋仁左衛門とはいえ、幕府の悪口はまずかった。

「他では言いませんよ」

顔色を変えた左馬介に分銅屋仁左衛門が苦笑した。

「しかし、これは一度田沼《たぬま》さまのお耳に入れておくべきでしょうな」

分銅屋仁左衛門が、嘆息《たんそく》した。

二

田沼主殿頭意次《とのものかみおきつぐ》は、大きなため息を吐《つ》いた。

「ふう。これで最後じゃな」

「はい。お疲れでございましょう」

用人《ようにん》の井上伊織《いのうえいおり》が田沼意次をねぎらった。

「疲れたが、これも仕事よ」

田沼意次が首を横に振った。

「伊織、いくら包んで参ったかの、信濃屋《しなのや》は」

武士は金を卑《いや》しいものとして嫌う。将軍の側近中の側近であるお側御用取次《そばごようとりつぎ》が、嬉々《きき》として小判を受け取ったというのは、さすがに外聞が悪い。

田沼意次の権力にすり寄って、己も利を得ようとする者は皆なにかしらの音物《いんもつ》を持ってきて、誼《よしみ》を通じようとする。

「琉球《りゅうきゅう》伝来の珊瑚《さんご》でござる」

「利休《りきゅう》好みの茶碗《ちゃわん》を」

当然音物は金でない場合が多い。

「御挨拶《ごあいさつ》代わりに」

だが、なかには小判をそのまま差し出す者もいる。

もちろん、田沼意次の前に堂々と切り餅《もち》を積み上げることなどできるはずはなかった。それこそ武士への無礼だとして、斬りつけられても文句は言えない。そのあたりにいる藩士ならばまず認められない無礼討ちだが、さすがにお側御用取次へのものとなると通る。将軍の信頼する腹心を商人が馬鹿にしたと取られるからであった。

ではどうするか。

「こちらを」

商人が差し出すのは、なかが見えないように袱紗《ふくさ》で覆われた塊である。

「うむ」

中身がわかっていなければ、別段無礼でもなんでもなく、田沼意次も受け取りやすい。

「なかを検《あらた》めよ」

そして商人が帰ったあとで確認するのだ。

「……これは」

袱紗包みを開いた井上伊織が息を呑んだ。

「殿、三百両ございまする」

「ほう」

井上伊織の報告に田沼意次も驚きの声を漏らした。

「信濃屋の願いは、大奥出入りの許可であったな」

「さようでございました」

先ほど金を置いていった信濃屋の願いを今一度口にした田沼意次に、井上伊織が首肯した。

「それだけのために三百両を惜しげもなく出すとは」

「まことに」

感嘆よりもあきれたとばかりの田沼意次に井上伊織が同意した。

「これだけの金を出しても、採算は取れる、利があると信濃屋は考えておるのだな」

田沼意次の表情が険しいものに変わった。

「……それだけ大奥は商いの場となる。いや、商人の狩り場か」

「殿」

怒りを見せた田沼意次に井上伊織が息を呑んだ。

「言い値で支払うからだな。百両のものを二百両と値付けされても、誰も疑いもせぬ。いや、それが当然だと受け入れてしまう。大奥に一度入った女は世間に戻れぬゆえ、価値を知らずとも不思議ではないが、それを喰いものにするなど……」

「…………」

井上伊織が黙った。

「御上《おかみ》に金がないのも当然じゃ。大奥だけではない。勘定方《かんじょうかた》も普請方《ふしんかた》も奉行を務めておる者は、名門の出。己で買いものなどをしたことはない。商人ども職人どもが申す値段をすんなりと受け入れてしまう」

「当家はしっかりと値を調べておりまする」

飛び火しないように井上伊織が先手を打った。

「分銅屋を呼べ」

「はっ」

逃げ出すように井上伊織が、田沼意次の前から下がった。

すでに夜半に近い。普通ならばこんな刻限に呼び出しをかけることはないが、主君の命、それも怒っている田沼意次の指図となれば話は別になる。

「御門番どの、田沼主殿頭家の用人でござる。主の用件で町人を呼び出しまする。通行のほどよしなに願いまする」

「主殿頭さまの……承知いたしましてございまする」

神田橋《かんだばし》御門を警衛する書院番頭《しょいんばんがしら》が、否《いな》やもなく引き受けた。

だからといって大門は開かれない。江戸城の諸門は、なにか異状がなければ、夜明けから日暮れまでしか開かれず、夜間は潜《くぐ》り門での往来になる。では誰でも通れるのかというとそうではなく、いくら潜り門とはいえ江戸城の内郭門《ないかくもん》、夜間は幕臣や医者、僧侶神官、あるいは前もって届け出られた者でなければ、通行が許されなかった。さらに通行できる者といえども、徹底した取り調べを受ける。

「お札は後日」

井上伊織は、その手間を省いたのであった。

「行け」

書院番頭への手配りを終えた井上伊織が、使者番の背中を押した。

「はっ」

提灯《ちょうちん》持ちの小者《こもの》を連れた使者番が、出発した。

江戸城から浅草門前町までは、ちょっとした距離がある。家中《かちゅう》でも早足で知られた者でも半刻《はんとき》（約一時間）はかかった。

「夜分にすまぬ」

ようやく分銅屋に着いた使者番が、しっかりと閉じられている表戸を叩いた。

「……誰ぞ、参ったな」

宿直《とのい》していた諫山左馬介が最初に気づいた。

「田沼家の者じゃ」

「……主殿頭さまの」

左馬介が怪訝《けげん》な顔をした。

「諫山さま」

宿直部屋の襖《ふすま》が開いて、分銅屋仁左衛門が顔を出した。

「主どの、起きられたか」

「まだ帳面を見ておりましたので」

目を少し大きくした左馬介に分銅屋仁左衛門が応じた。

「田沼さまのお使者だと聞こえましたが」

「どうやらそうらしいが……」

常識のある者ならば、よほどのことでもない限り、日が暮れてから訪れてくること

はない。

「偽者かもと」

分銅屋仁左衛門の眉がひそめられた。

盗賊のなかには、偽りの身分を使って商家の表戸を開けさせるという手立てを取る者もいる。急用だとか、急病人がとか言われても、相手をしっかり確認しなければ大変なことになってしまう。

とはいえ、分銅屋仁左衛門にとって重要な取引相手でもある田沼意次の名前を出されては、無視することはできなかった。

「お願いできますか」

「承知」

分銅屋仁左衛門に言われた左馬介が立ちあがって、勝手口へと向かった。

「行きますか」

一人になった分銅屋仁左衛門が店先へと急いだ。

「聞こえぬか。田沼家の者だ」

「はい。しばし、お待ちを」

分銅屋仁左衛門は表戸の閂《かんぬき》をかけたままで、焦《じ》れる使者番へ応答を返した。

「灯《あか》りは……」

満月の晩でもなければ、江戸の夜は暗い。ましてや表門をかっちりしめた商家のなかは、伸ばした腕の先さえ、はっきりとは見えない。

見えにくいことを言いわけにしつつ、分銅屋仁左衛門がときを稼いだ。

「…………」

勝手口から店横の辻《つじ》を使って表へ回った左馬介は、店先の人物を確認した。

「武士と小者の二人……ちゃんと羽織も身につけている」

羽織は一つの身分証明になる。左馬介もそうだが、浪人は羽織を纏《まと》わない。というか、金がなくて羽織を買えず、身に纏えないのだ。

「周囲も……異状ないな」

続けて左馬介は店の周りを念入りに観察した。

この手の身分を偽る盗賊は、表戸に付属している覗《のぞ》き窓では見えないところに人を伏せておき、門が外されるやいなや集まってくる。

「大事なさそうだ」

安全を確認した左馬介が、表通りに出た。

「率爾《そつじ》ながら」

踏みこんでも抜き打ちに放たれた切っ先が届かない間合いを見計らって、左馬介が使者に声をかけた。

「なにっ……」

分銅屋の店へと注意を傾けていた使者が驚いて振り向いた。

「この家《や》の者でござる」

「……貴殿は」

答えた左馬介に使者が思い出すような顔をした。

「たしか諫山どの」

使者は左馬介を知っていた。

「拙者をご存じでございましたか。これはお見それをいたしましてございまする」

左馬介は使者のことを覚えておらず、頭を下げた。

「主どの、ご懸念《けねん》ない」

すぐに左馬介が店へと語りかけた。

「ただちに」

それを聞いた分銅屋仁左衛門が自ら表戸を開けた。

「ご無礼をいたしましてございまする」

待たせたことを分銅屋仁左衛門が詫《わ》びた。

「いや、いたしかたなし。それより、主殿頭の口上を伝えまする。ただちにご来訪願いたいとのこと」

「承《うけたまわ》りましてございまする。身支度を調《ととの》え次第参上仕《つかまつ》りまする」

何用だとか、遅いのにとかを口にするわけにはいかなかった。

いかに大店の主とはいえ、身分でいけば商人でしかなく、武士の求めには逆らえない。ましてや相手がともに天下を金の世のなかにしようと手を組んでいる田沼意次である。

すぐに分銅屋仁左衛門がうなずいた。

「助かる。では、拙者《せっしゃ》は復命に戻るゆえ。急がれよ」

使者の用は戻って無事に果たし終えたと報告するまで終わらない。

まさに折り返すようにして、使者が帰途に就いた。

「諫山さま」

「うむ。拙者がお供いたそう」

日が落ちてから大店の主が一人歩きできるほど、江戸の治安はよくなかった。

「お願いいたしますよ。わたくしは着替えを」

休むための姿になっていた分銅屋仁左衛門が、店のなかへと引っこんだ。

「この刻限でのお呼び出し……とてもいい話とは思えぬな」

開いたままの表戸から店に入り、閂を下ろしながら、左馬介が小さくため息を吐いた。

三

しっかりと戸締まりをするように指示して、分銅屋仁左衛門は左馬介を供に夜の江戸へと足を進めた。

「人通りがありますねえ」

夜遊びをする場所には事欠かない浅草から江戸城へ近づいても夜歩きの者の数はさほど変わってはいなかった。

「武士の抜け遊びが増えたのかの」

左馬介が笑いながら答えた。

抜け遊びとは、主君や上役の許可を取らず、門限をこえて酒を呑みにいったり、遊女を買いにいったりすることをいう。

「そんなものは元禄《げんろく》のころから増えてましょう。減ったのは八代将軍さまのご改革の間だけ」

分銅屋仁左衛門が手を振った。

「つまりは……」

「大御所さまが亡くなられたことで、ご倹約の話は流れたと皆が考えた」

要点を問うた左馬介に分銅屋仁左衛門が告げた。

「ご政道がまた崩れる……」

左馬介が暗い声を出した。

「商人にとって、先代さまのご倹約は都合が悪かったですからね。崩れて、かつての元禄のころに戻って欲しいと思っていますよ」

「分銅屋どのもか。両替は影響を受けまいに」

「両替の手数料など、微々たるものでしかありませんよ」

怪訝な顔をした左馬介に、分銅屋仁左衛門が首を横に振った。

「一両小判を銭六千文に替えたとして、手数料はその五分、三百文。銭を小判に替えるときの手数料も同じ。一日二十人の両替があったとしても、売り上げは六千文。一両ですな。それで店を維持し、奉公人を雇うのは無理でございます」

「たしかに」

左馬介が分銅屋仁左衛門からもらっている給金だけで、月に三両になる。

「両替商は表の看板、実態はご存じのとおりの金貸し」

分銅屋仁左衛門があからさまに述べた。

「倹約だと金貸しはよくないのでござろうか」

浪人に金貸しは関係ない。いや、関係はあるが、浪人に金を貸してくれるのは、朝借りて夕方に返す烏金《からすがね》と呼ばれる高利貸しか、刀などを形《かた》において金を貸す質屋くらいである。何百両、何千両といった金を遣《や》り取りする金貸しにはまったく縁がなかった。

「よくありませんね。倹約が流行《はや》ると、皆ものを買わなくなりましょう」

「なるな」

左馬介もそれはわかる。

「ものが売れなくなれば、商人が儲からない、新たな仕事がなくなるか、減ってしまった職人は収入が失われる」

「金がなくなれば、借りるのではないか」

左馬介も烏金に手を出したことがあった。

父が病になったとき、その介抱で働きに出られず、収入が途絶した。やむなく形もなしに金を貸してくれる烏金を頼ったのだが、朝から晩で一割という高利は、十日で元金が倍になる。返すのにかなり苦労した記憶があった。

「貸しませんからね」

淡々と分銅屋仁左衛門が言った。

「貸さない……」

「当たり前です。十全な担保でもあるなら話は別ですけれど、そうでないなら貸しませんよ。商いが左前だからとか、仕事がなくなって困っているとか、そういった連中に金を貸して、返ってくるはずはございません。貸した金を大きくすることができないわけですから」

「すまぬが、よくわからん」

左馬介が解説を願った。

「担保が十分でなくとも、金貸しが金を貸すのはその相手に返済できる可能性があると読んだときですよ。たとえば、商人ならば、あらたな販路を開拓するとか、支店を作るとか、新しい商品を開発するとか。職人であるならば、病や原材料の滞りなどで仕事ができなくなっているが、原因が取り除かれれば昔以上に働けると見た場合」

「なるほど。儲けあるいは稼ぎが見こめるとき」

分銅屋仁左衛門の説明に、左馬介が手を打った。

「さようでございます」

ようやくわかったかと分銅屋仁左衛門がうなずいた。

「借りた金を奉公人の給金や、借財の返済、あるいは生活のために使うとわかっていて貸す者はおりません。貸した金が死ぬ。死に金を貸すような連中は、まともではありません。返せないとわかっていて貸す。そういった連中が狙うのは、相手のすべて。家屋、家具、妻、娘。取り立てようはいくらでもありますから」

分銅屋仁左衛門が苦い顔をした。

「……………」

左馬介も黙った。

「金を貸す。これは活《い》かしてもらうため。店を、商いを大きくして、より儲けてもらう。そしてその儲けのなかから利を払っていただく。これが金貸しでございます」

「返せないとわかって貸す連中は、端《はな》から店を潰《つぶ》すつもりなのか」

左馬介が呟《つぶや》いた。

「そう。店を潰せば、一時の金にはなりますが、店がなくなったことでそこから生まれていた金の動きがなくなる。勤めていた奉公人は路頭に迷い、その店に品物を納めていた職人や百姓は売り先を失う」

「一軒の損失は大きく拡《ひろ》がる」

語る分銅屋仁左衛門に左馬介が息を呑んだ。

「まともな金貸しが金を貸さなかったことで潰れる店も出るでしょう。ですが、それは悪辣《あくらつ》な金貸しに身ぐるみ剝《は》がれるよりははるかにまし。取引先に謝るだけの、奉公人に次の行き先を見つけるだけのときがある。なにより、裸になってから、もう一度再起することができます。まあ、本人にやる気と命があったなればですが」

「命……」

その意味を悟った左馬介が顔をしかめた。

「神田橋御門が見えてきましたよ。どうやら、田沼さまがお話をとおしてくださっていたようですね。あそこに立っておられるのは、ご用人さまでしょう」

前を見た分銅屋仁左衛門が井上伊織を見つけた。

「そのようでござるな」

左馬介も話をやめて、警固の位置へと付いた。

田沼意次は常着になることもなく、書院で待っていた。

「分銅屋どのと家人《けにん》諫山どのをお連れいたしましてございまする」

「入れ」

案内をした井上伊織の口上を受けて、田沼意次が入室を許可した。

「お召しと伺い、参上いたしました」

分銅屋仁左衛門が頭を下げたままで入室し、襖際に腰を下ろした。

「……………」

左馬介はなかではなく、廊下で控える。

「夜分に呼び出したことを詫びよう」

まず田沼意次が軽く頭を傾けた。

「畏《おそ》れ多いことでございまする」

分銅屋仁左衛門があわてて額を床に押しつけた。

大名が商人に形だけとはいえ、謝罪するのは異例であった。

「うむ」

田沼意次が背筋を伸ばした。

「早速ではあるが、用件に入ろう」

「どうぞ」

分銅屋仁左衛門も顔をあげた。

「信濃屋という小間物屋を存じておるか」

「駿河町《するがちょう》の信濃屋さまでしょうか」

田沼意次の問いに分銅屋仁左衛門が確認した。

「そうじゃ。その信濃屋よ」

うなずいた田沼意次が、信濃屋が大奥出入りを願ってきたとの話をした。

「……三百両でございますか。それはまた」

信濃屋が持参した金の嵩《かさ》を聞いた分銅屋仁左衛門が驚いた。

「それだけ出しても元が取れる。いや、それ以上の利がある」

分銅屋仁左衛門が嘆息した。

「大奥出入りは、一度その格を得れば、よほどの悪事をしでかさなければ取りあげられることはない」

「代を継いでいけますな」

「次代が馬鹿でもな」

田沼意次が苦い顔をした。

「よほどの悪事……」

廊下で聞いていた左馬介が思わず繰り返した。

「なにか気になるのか、諫山」

小声であった左馬介の呟きを田沼意次は聞き逃さなかった。

「いえ、お邪魔をいたしまして申しわけございませぬ」

同席というか、話の届く範囲にいられるが、それでも発言の権はないと考えている左馬介が詫びた。

「いや、咎《とが》めはせぬ。なにが気になった」

叱《しか》ることはないと保証して、田沼意次が左馬介をうながした。

「……………」

ちらと左馬介が分銅屋仁左衛門に目をやった。

「お言葉に従ってくださいな」

分銅屋仁左衛門が直答の許可を出した。

「では……よほどの悪事というのを裏返せば、多少のことなら目をつぶるということと考えてもよろしいのでございましょうや」

「そうなるな。大奥出入りという看板を与えるというのは、その店を信用するということでもある。ちょっとしたことで大奥出入りの格を剝奪《はくだつ》しては、なぜ与えたという問題になりかねぬ」

左馬介の問いに田沼意次が答えた。

「それは大奥にかかわることだけに効力を……」

最後を左馬介は濁した。

「大奥だけではない……」

田沼意次が思案に入った。

「……そうか。大奥出入りという看板を前に出せば、町奉行所も手出ししにくくなる。

それこそ人殺しでもせぬかぎり」

「まさか」

気づいた田沼意次に分銅屋仁左衛門が目を大きくした。

「いや、あり得まする」

分銅屋仁左衛門が首を横に振った。

「どのような形になると」

興味を持った田沼意次が話せと求めた。

「たとえばでございますが、大奥へお納めする商品だから、他の店の注文よりも優先しろとか、あるいは大奥へお納めできる名誉が与えられるゆえ、儲けを考えるなとか」

考えたことを分銅屋仁左衛門が語った。

「仕入れ先や職人を圧迫する……。これでは町奉行所も手出しできぬな」

「はい」

田沼意次と分銅屋仁左衛門が顔を見合わせた。

「なぜ、町奉行所が介入できぬのでございましょう」

話への参加を認められた左馬介が尋ねた。

「そうか、知らぬか」

「浪々の方々は大奥のことなど気にもなさいませぬ」

二人が左馬介を見て、うなずき合った。

「大奥が公方《くぼう》さまの私《わたくし》であることは存じておるな」

「それくらいならば」

確かめられた左馬介が首を縦に振った。

「言いかたは下卑《げび》るが、大奥の女どもはすべて公方さまの女である。つまり、大奥の女は公方さまに甘えすがることができる」

「あっ」

そこまで聞いた左馬介が顔色を変えた。

「大奥の女が気に入っている出入りの店に町奉行所が手を出した。それを知った女が公方さまにすがったら……」

わかっているなと田沼意次が左馬介を見た。

「町奉行が叱られる」

「叱られるだけですめばよいですがね」

分銅屋仁左衛門がより怖いことを述べた。

「それを含めてと考えているならば、三百両は安いですな」

「……」

「だの」

呆然《ぼうぜん》としている左馬介を尻目《しりめ》に分銅屋仁左衛門と田沼意次が話を続けた。

「なれど、そのようなあるかどうかもわからぬ咎めのために、商人が金を遣うか」

田沼意次が新たな疑惑を口にした。

「商人は損して得を取れと申しますが、なかなかできませぬ」

格言を言いながら、分銅屋仁左衛門が首を左右に振った。

「いつ元が取れるかわからない商いのために、損失を出す。それのできる者は多くはございますまい」

「であるな」

分銅屋仁左衛門の言葉に田沼意次が同意した。

「ということは……」

「大奥はそれだけ儲かる」

田沼意次と分銅屋仁左衛門の表情が真剣なものになった。

「大奥出入りの商人しか、商品を持ちこめないとなれば、比較ができませぬ」

「比較……よい品か、悪い品かを判断できないということか」

「はい。そして値段の交渉も」

「そこにしかないのならば、言い値で買うしかない」

分銅屋仁左衛門と田沼意次が話を続けた。

「職人や下請けの商人を泣かせて安く仕入れた商品を、何倍、何十倍で大奥の女どもに売りつける」

「笑いが止まりませぬ」

田沼意次のため息に分銅屋仁左衛門が応じた。

「しかも長く先代公方さまの倹約令で、着物も小間物も贅沢《ぜいたく》なものは手に入れられなかった。その制約がなくなったとなれば」

「買いあさりましょうなあ」

分銅屋仁左衛門が苦笑した。

「ですが、それだけの金は大奥にございますので」

ものを購《あがな》うには、金が要る。

「ある。倹約令を出されたとはいえ、大奥の女どもの給金や扶持《ふち》は減らされておらぬ。人数こそ減らされたが、残った者には従来通りの支払いがなされていた」

大奥に入った女は幕府から格に応じた禄《ろく》や合力金《ごうりききん》をもらう。

「多すぎる」

将軍になったとき、吉宗《よしむね》は大奥の人員整理をおこなった。

「見目麗しい者を」

自薦他薦を問わず、容色に優れた者を募集した。

「新たなる側室をお求めである」

男が美人を出せと言ったのだ。その目的は一つしかない。

「妾《わらわ》が」

「あの者を差し出せ」

将軍の寵姫《ちょうき》となる、寵姫の推薦者となる、大奥の女たちにとってどちらでも大いなる出世になる。

それこそ山のような応募があった。

「美形ならば、すぐにでももらい手は見つかろう」

その女たちを吉宗は大奥から放逐《ほうちく》した。

終生奉公という大奥の慣例を吉宗は破った。もちろん、将軍なればこそできる強引な手法ではあったが、吉宗はこうして大奥を改革した。

これほど強引な手段を採った吉宗ではあったが、残された大奥の女たちの禄や合力金には手出しできなかった。下手《へた》をすれば、子供が殺されかねないのだ。

大奥は将軍の私、すなわち閨《ねや》を預かり、そこで生まれた子供たちの生活の場だからであった。禄や金を減らして、女たちの恨みを買えば、どこでどのような復讐《ふくしゅう》をされるかわからない。

「贅沢は許さぬ」

かといって世間に質素を強《し》いながら、大奥の女たちだけが絹物を身に纏《まと》い、美食を楽しむなど認められるはずもなかった。

結果、大奥の女たちの手元にちょっとした金が残った。

「大奥には金が唸っている。それに信濃屋は気づいた」

「おそらくは」

田沼意次の考えに分銅屋仁左衛門が賛同した。

「分銅屋、どう思う」

「信濃屋だけが得をするというのはいただけませんが、大奥にある金は表に出させるべきかと存じまする」

問われた分銅屋仁左衛門が応じた。

「金は置いておいても増えませぬ。なにより、大奥で眠ってしまえば、その分の小判、銭が天下に不足しまする」

「小判も銭も鋳造すればよいのではないのだな」

分銅屋仁左衛門の言いたいことを田沼意次が悟った。

「さようでございまする。小判は金、銭は銅からできまする。これらの材料には限界がございまする。金が要るからといって、明日新たな金山は見つかりませぬ」

「小判不足になればどうなる」

「ものを売りたくてもその対価たる小判がない。ものを買いたくとも小判が手に入らぬ。これでは商いが成り立ちませぬ。こうなれば、小判の価値が上がりまする。今、一両小判で銭六千枚という相場が、一枚で八千枚、一万枚と跳ねていきまする」

「ものの値段も上がるな」

その結果を田沼意次はしっかりと読めていた。

「金は遣わねばならぬ。蓄えてはならぬか」

「蓄えを悪いとは申しませぬが、遣わねば天下が回らなくなるのはたしかでございまする」

分銅屋仁左衛門が続けた。

「金を遣えば、ものの動きが活発になりまする。商人が儲け、職人の仕事が増え、百姓の作る米や野菜が売れまする。そして生活に余裕ができれば、子が増えまする。子が増えれば、いずれ働く者が多くなりまする」

「働く者が増えれば、国は富むな」

「なにより、豊かになれば他人を羨まずともすみまする。着て、喰って、寝て、この三つが整えば、人は争いませぬ」

「そなたの言うとおりよな。天下は安泰、いや、治安がよくなると考えるべきだな」

本質を田沼意次は見抜いた。

「信濃屋の願いは認めるとしよう。ただし、条件をつける」

「条件とはお厳しい」

分銅屋仁左衛門が、首を横に振った。

「たいしたことではない。あまり阿漕《あこぎ》なまねをするなと釘《くぎ》を刺すだけじゃ。御上を喰いものにできるなどと思いこまぬようにの」

田沼意次が唇をゆがめた。

四

八代将軍吉宗の改革は、その死とともに崩れ始めた。

大奥を縮小し、足高《たしだか》の制を開始、上米《あげまい》を強行した吉宗の施策は、底の見えていた江戸城、大坂城、甲府《こうふ》城、駿河城の金蔵に十分な金を積みあげるに至ったが、そのために犠牲となったものも少なくなかった。

大奥の人員を削減したことで、その維持に手が足りなくなり、広大豪壮な建物の一部を放棄せざるを得なくなった。雨漏りがする、あるいは隙間風《すきまかぜ》が入るといった問題は、少なくなった大奥女中たちの気分をより低下させ、次代の将軍を傅育《ふいく》するという役目に暗雲を招いた。九代将軍家重《いえしげ》が幼少から言語不明瞭だったのは、女たちの教育放棄が一因とも言われている。

足高の制を採用したことで有能な人材の引きあげはできるようになったが、役高というものが無意味になり、石高にふさわしい人材の育成が困難になった。

上米は幕府に一時的な収入をもたらしたが、参勤交代という制度の厳格さを損なってしまった。

吉宗の改革は、幕府の財政を好転させたが、徳川幕府の安定、無事の継承という根本にひびを入れる結果になった。

それよりも天下に直接の影響を及ぼしたのは、倹約による経済の失速であった。

「使い捨てせずに、修理して使え」

ものを大事にするすばらしい言葉に聞こえるが、

「作っても売れない」

職人の仕事が減る。

ものが作られなくなると、当然商人の行動も鈍くなる。なにせ、客が品物を買いに来ないのだ。

「辞めるしかない」

「悪いけれど、親元へ帰ってくれ」

収入の激減、あるいは途絶。それは民の生活を直撃した。

「どうやって金を稼げば……」

職を離れた人は、いきなり路頭に迷う。

「ここにいても仕事はない。江戸へ行けば……」

そういった者の多くが江戸へ足を向ける。

もちろん、江戸だけでなく、大坂、京、名古屋、博多《はかた》へ移動する者もいるが、やはり江戸行きが最大であった。

「無宿者を狩り出せ」

治安が悪くなると責任を取らされるのは、町奉行になる。

「なにをしておる」

「役立たずが」

老中などの執政は、その原因がなにかを突き詰め、解決しようとはしない。

なにせ、もとは将軍吉宗の施策にある。いかに吉宗が死んだとはいえ、

「先代さまの悪政が……」

「ただちに倹約令を破棄して……」

責任を追及しようものならば、たちまち咎《とが》めを受ける。

「思うところこれあり」

「役目にある間の恣《し》意はなはだしく」

理由をはっきりさせることなく、幕府は余計なまねをした者を排除できる。老中であっても、本質は徳川の家臣でしかない。そして主君は家臣の生殺与奪の権を持つ。

なにせ当代の将軍家重は吉宗の嫡男《ちゃくなん》であり、その遺志を継いでいる。いずれは倹約

が有名無実のものとなり、天下は元禄の瀟洒《しょうしゃ》な世とまではいかないだろうが、それなりに贅沢のできる甘い時代へと進むとわかっている。

その勢いを少し増すだけのために、老中になるまでの努力を無にするような者はいなかった。

だが満足な対応のできない幕府を世間は非難する。

その矛先を、少しでもそらすため老中たちは、町奉行を生《い》け贄《にえ》に捧《ささ》げようとしていた。

「たまらぬ」

「冗談ではない」

老中ほどではないが、町奉行の二人も何十年とかけて、ようやく旗本の頂点とされる町奉行へ昇りつめたのだ。

上司の都合で使い捨てられてはたまったものではない。

無事に役目を果たして隠居を願うのと、咎めを受けて辞めさせられるのでは、大きな違いがある。

「加増分を取りあげる」

町奉行になるまでに経験してきた役職で立てた手柄の代償を失う。

「謹慎いたせ」

経歴に傷を付けられる。

「小普請《こぶしん》へ組み入れる」

なによりの痛手は、次代以降への影響であった。

町奉行まで昇った旗本はその出自がどうであれ、役目を辞した後寄合《よりあい》へと組み入れられるのが慣例であった。

寄合は小普請と同じく、無役の旗本を一時的に加入させるものである。おおむね三千石以上の名門旗本、在任中に十分な手柄を立てた者などが組み入れられ、新たな召し出しを待つ。

すなわち寄合は、幕府にとって格別の者の集まりになる。

「小姓組番頭《こしょうぐみばんがしら》を任じる」

「書院番を務めよ」

将軍にとって重要な役目に欠員が出たとき、その多くは寄合から補充される。

そう、寄合は小普請と違って、役立たずの場所ではなく、栄達の待合室であった。

言うまでもなく、父が町奉行で隠居したときは、その跡継ぎが寄合に加えられる。

つまり、跡継ぎも出世を約束されているのだ。

だが、それも咎めを受けてしまえば、なくなる。

「どうするか」

「それじゃ」

北町奉行依田《よだ》和泉守《いずみのかみ》と南町奉行山田《やまだ》肥後守《ひごのかみ》利延《としのぶ》が顔をつきあわせた。

老中に呼び出されて、二人同時に怠慢であると咎められたのだ。

「南に負けるな」

「北に後れを取るな」

いつものように手柄争いをしている状況ではなくなっている。

「四宿《ししゅく》で流民どもを留めることはできぬか」

「無理じゃ。四宿は関東郡代の管轄ぞ。我らが手出しをするわけにはいかぬ」

江戸へ入ろうとする食い詰め者たちを街道筋の終点でもある品川《しながわ》、内藤新宿《ないとうしんじゅく》、千住《せんじゅ》、板橋《いたばし》で足留めしてはという、山田利延の提案を依田政次《まさつぐ》が否定した。

「関東郡代の伊奈《いな》摂津守《せっつのかみ》どのに協力を仰げば……」

あきらめきれない山田利延が案に固執した。

「他職の手を借りたとあっては、解決したところで、我らの手柄にはなりませぬぞ。

それどころか、関東郡代がいなければ、どうしようもない、町奉行はそろって役立たず、無能と誹《そし》られましょう」

「…………」

依田政次の言葉に山田利延が黙った。

「無宿者狩りをするとしても……」

幕府は天下を支配しやすくするため、民すべてに菩提寺《ぼだいじ》での登録を義務づけている。これを人別《にんべつ》といい、他国へ移住するときは、地元の寺や村などで身分を保証する旨の書付を出してもらい、それを新たな居住地へ提出して登録し直さなければならない。

ほとんどの者が、この手続きをおこなってはいる。しかし、新たな土地が受け入れてくれるとは限らなかった。

江戸は巨大な城下町だとはいえ町人地には限界があり、とても見慣れぬ者を迎え入れる余裕はなかった。

「住まいは」

「仕事は」

得体の知れない者を町内に入れて、盗難やもめ事が起こっては困る。町内に受け入れてくれと願う者がくれば、身元や安定した生活ができるかどうかを確認する。

「何々屋さまで奉公が決まっておりまする」

「某親方から弟子にしてやるとお許しをもらっておりまして」

職業が決まっているならばいい。

「今から探そうと」

「当座は日雇いで」

明日の収入が確定していない者は、

「お断りだ」

一蹴《いっしゅう》された。

受け入れたはいいが、仕事が見つからずに盗賊なんぞになられれば、町内にも責任はきた。

別段、町役人や大家が町奉行所へ捕まるというほどのことはないが、

「あそこから盗人《ぬすっと》が出たらしい」

町内の悪評が拡がる。

「盗賊と繋《つな》がっていたのではないか」

疑いの目を向けられるていどならば、まだいい。

「盗賊の巣らしい」

悪意はより深くなるのが、常である。

「あそこの町内の人は、採用しないのでね」

「金を貸すのは勘弁してもらおう。踏み倒されては困る」

町内全体の評判が落ちる。

「なかったことにしてもらいます」

酷《ひど》いときは、縁談が潰れる。

町内としても、縁もゆかりもない者のために危ない橋を渡る気はしない。

こうして、あてもなく江戸へ出てきた者の人別は宙に浮き、無宿者が量産されていく。

無宿者は、幕府の統制を外れた者でもある。つまり、幕府にとって都合が悪い。また、無宿となったことでやけになり、犯罪に走る者も少なくなく、施政者の頭痛のたねでもあった。

「無宿者を捕まえよ」

幕府はときどき、江戸の治安を回復するためと佐渡《さど》金山《きんざん》のような鉱山で使い潰す戦力を確保するために、町奉行へ無宿者狩りを命じた。

それに無宿者は幕府の法に反している。町奉行所が老中たちの指図を待つことなく、無宿者狩りをおこなうこともできた。

「帯刀《たてわき》がいい顔をいたしますまい」

依田和泉守の示した方法に山田利延が首を横に振った。

帯刀とは牢屋《ろうや》奉行の石出《いしで》帯刀のことだ。町奉行の下に配され、小伝馬町《こでんまちょう》の牢獄を差配していた。

「牢屋に空きがない……」

小伝馬町の牢獄は小伝馬町三丁目から五丁目を占め、二千六百十八坪あった。

その内部は大きく東牢と西牢に分かれ、さらに武士や神官、僧侶を拘留する揚座敷《あがりざしき》、百姓や町人を閉じこめる大牢《たいろう》、二間牢《にけんろう》と区別されていた。

しかし、無宿者が同牢の者を悪事に誘うという案件が続いた結果、宝暦五年（一七七五）に東牢に人別を持つ者を、西牢には無宿者を収容するようになった。ただし、女の囚人は身分の区別なく西の揚屋《あがりや》に収容された。

かなり大きな小伝馬町の牢屋敷ではあったが、江戸の町が繁華になるにつれて罪を犯す者が増え、当初一畳に一人としていた大牢や二間牢の収容が、一畳に二人、三人と増え続け、今や五人以上となっている。横になるなど論外、膝を抱えて座ることさえ難しく、劣悪な状態になっている。

当然のごとく、入牢している者たちの不満は限界をこえており、いつ暴動が発生してもおかしくはない。

牢屋を管理する石出帯刀が、嫌がるのも無理はなかった。

「ではどうすると」

反対ばかりする依田政次に山田利延が苛立《いらだ》ちを見せた。

「落ち着かれよ。城中でござるぞ」

依田政次が山田利延をなだめた。

「むっ」

言われた山田利延が大きく息を吸った。

北町奉行が常盤橋《ときわばし》御門内、南町奉行が呉服橋御門内と、町奉行はそれぞれの役宅を持っており、ここで起居し、執務するため一堂に会する機会はまずなかった。

その南北の町奉行が揃《そろ》うのが、午前中であった。

町奉行も役人である。毎朝、江戸城へ登り、将軍あるいは老中からの下命、あるいは諮問《しもん》を受けるという役目があった。

江戸城芙蓉《ふよう》の間で、正午まで過ごし、その後役所へ入って執務をおこなう。

依田政次と山田利延は、芙蓉の間を出た畳廊下で話をしていた。

「……分銅屋というのをご存じか」

「両替商の分銅屋ならば、存じておる」

少し考えてから問うた依田政次に山田利延が応えた。

「南町奉行所の出入り先らしいが」

「……ああ」

言われた山田利延が苦い顔をした。

かつて南町奉行所同心が、左馬介を下手人《げしゅにん》と睨《にら》んでしつこく分銅屋にからみ、その結果、浅草中の商家が南町奉行所への合力を取りやめるという騒動に発展、報告を受けた山田利延が、問題を起こした同心を放逐して、なんとかことを収めた。

「分銅屋がどうかしたのか」

山田利延が言葉遣いに気を遣わなくなった。

「報《しら》せてくれる者がおっての。分銅屋に無頼が何度も強請集《ゆすりたか》りをしかけたそうだ」

「報せる者……」

そこに山田利延が引っかかった。南町奉行の縄張りのことを北町奉行がよりくわしく知っている。これは南町奉行所に依田政次の手の者がいるとの証《あかし》であった。

「しかし、分銅屋は一度も金を出しておらぬ」

山田利延の引っかかりを依田政次は無視して話を進めた。

「他の店は、大なり小なり金を出しているのにもかかわらずだ」

「それがどうしたと」

依田政次が疑問に応対する気はないと悟った山田利延が話に合わせた。

「気になるではないか。でな、ちょっと調べさせたら、分銅屋にいる用心棒のおかげだというのがわかった」

「分銅屋の用心棒……」

さっと山田利延の顔色が変わった。

「そこで拙者は考えついた。どこの店にも用心棒を置けばよいのではないかとな」

「…………」

無言で山田利延が依田政次の話を流した。

「とはいえ、誰でもいいというわけには参らぬ。浪人でも武芸の不得手な者はおるし、なによりその浪人が大丈夫かどうかがわからぬ。下手をすれば浪人が強盗に早変わりということもある。人選をまちがえてはまずい」

「…………」

依田政次が滔々《とうとう》と語った。

「かといって、用心棒ごときの選抜に、多忙な我らがかかわるわけにはいかぬ」

「なにをお考えか」

興奮の冷めた山田利延がていねいな口調に戻った。

「その用心棒に人選をさせてはどうかと思う」

依田政次が結論を口にした。

「むつかしいが……分銅屋を説得するのは。同心どもも嫌がろうが」

思案を残し、山田利延は急いで芙蓉の間へと戻っていった。

第二章　焦る町奉行

一

抑圧は重石《おもし》を失った途端に弾《はじ》ける。

倹約をしなければ、幕府はどうしようもなくなっていたと少し事情の見える者にはわかっていた。

金がない。

戦《いくさ》をするための最低で最大の条件が、幕府から抜け落ちた。

人を雇うにも、弓矢、鉄炮《てつぽう》を購《あがな》うにも、行軍するにも、金は要《い》る。

つまり、金のなくなった幕府は戦えなくなった。

「関ヶ原の恨み」

「いまこそ、天下を奪う好機である」

外様《とざま》大名たちが、そんな幕府を見過ごすはずもない。たちまち、あちらこちらで謀叛《むほん》の火があがる。かと思われたが、煙さえ昇らなかった。

その理由は、外様大名たちにも金がなかったからである。

かつて力尽くで富を奪った武士も、泰平の世では法度《はっと》に縛られて自儘《じまま》はできなくなっている。

奪うから購うに変わるしかなくなったことが、武士の経済を逼迫《ひっぱく》させた。

「金が減っていく」

遣えば金はなくなる。

「稼がねば……」

商人や民はそう考えてなにかしらの動きを取る。

「借りればよい」

武士は主君の命に従って命を惜しまぬ者である。その武士が金を稼ぐことに東奔西走するなど、忠義にもとるおこないであった。

金儲《かねもう》けを卑《いや》しい手段だと考えている武士は、自ら金を稼ごうとはせず、持っている者から借りることで当座をしのいだ。

借金には利息が付く。

当たり前のことなのだが、その本当の意味を理解している者は少ない。ましてや、算盤《そろばん》など使ったことさえない武士には想像の埒外《らちがい》であった。

「なぜ千両借りて一千二百両返さねばならぬ」

返済のときに気づいても、もう遅い。

千両ならば返せたものが、千二百両となると返せなくなる。

「もう一年……」

結局返済の日延べをするしかなく、借財はますます膨れあがっていく。

こうして武家から金が失われた。

その失われた金を手にしたのが、商人であった。

「いささか不遜《ふそん》である」

武家が困窮し、商人が栄華を誇る。

民の上に立つべき武家が、商人に頭を押さえられる。

八代将軍吉宗は、幕府の財政を立て直すうえで、商人の力を削《そ》ぐべきだと考えた。

その結果が倹約であった。

倹約によってものの売り買いが減り、商人の儲けは減った。そして金を遣わないことで武家の出費は大いに抑えられた。

まさに吉宗の狙い通りになった。

だが、その裏返しが、江戸の、天下の治安の悪化であった。

「面倒になりそうですね」

田沼意次との面会を終えた分銅屋仁左衛門が嘆息《たんそく》した。

「江戸の治安まで引き受ける気かの」

左馬介が無茶だと懸念《けねん》を表した。

「そんな気はございませんよ」

分銅屋仁左衛門が、苦笑した。

「江戸の治安は町奉行所のお仕事。わたくしのやることは、金を誰にいくら貸すかを決めるだけ」

苦笑を残したまま分銅屋仁左衛門が続けた。

「金を貸してくれという求めは山のようにございますから」

「怖いことになりそうだ」

断られた者がどのような態度に出るか、左馬介が不安を口にした。

商家の一日は決まったことの繰り返しで過ぎる。

朝、表戸を開け、暖簾《のれん》を掛けて客を迎え、日が暮れると暖簾を仕舞い、表戸を閉じる。

いつもの一日は、朝から崩れた。

「邪魔をする」

店開け早々に、南町奉行所定町廻《じょうまちまわ》り同心東野市ノ進《ひがしのいちのしん》が顔を出した。

「これは、旦那」

帳場に座っていた番頭が、急いで迎えに立った。

「朝から悪いが、分銅屋どのに会いたいのだが」

「しばし、お待ちを。三吉《さんきち》」

「へい」

番頭に命じられた小僧が、奥へと走りこんだ。

「どうぞ、奥へ」

それを見送った番頭が東野市ノ進を客間へと案内した。

「南町奉行所の旦那が……そうかい」

小僧の言伝《ことづて》を聞いた分銅屋仁左衛門は、腰をあげた。

「お喜代《きよ》、諫山さまにも声をかけておくれ」

「はい」

分銅屋仁左衛門の指図に喜代が首肯《しゅこう》した。

「諫山さま……開けますよ」

左馬介の待機場所である小座敷へ着いた喜代が、声かけの後に襖《ふすま》を開けた。

「……おやすみでございますか」

喜代が表情を緩《ゆる》めた。

宿直《とのい》を終え、店が開けば左馬介は休息に入る。さすがに夜具を敷いての睡眠は許されないが、背中を柱や壁に預けての仮眠は問題なかった。

「あどけないお顔」

少しの間喜代が左馬介の寝顔を見つめた。

「ああ、いけません。お起こしせねば……」

吾《われ》に返った喜代が左馬介の肩を揺すった。

「……なんだ。喜代どのではないか」

左馬介が目覚めた。

「旦那さまがお呼びでございまする。最初の客間へお出《い》でくださいませ」

「最初の客間か。誰ぞ、お見えか」

喜代に言われて、左馬介が腰をあげた。

「南町の東野さまだとか」

「町奉行所の同心どの……」

聞いた左馬介が嫌そうな顔をした。

「諫山さま、お顔を」

「むう」

注意された左馬介が顔を撫《な》でた。

「どれ、行って参ろう」

左馬介が控えの部屋を出ていった。

分銅屋仁左衛門が、東野市ノ進に話しかけた。

「本日はどのようなご用件でございましょう」

「一度ですませたいのでな。用心棒どのが来るまで待ってもらいたい」

東野市ノ進が止めた。

「諫山さんが……わかりました」

「そう言えば、先日も馬鹿どもを突き出してくれたとか」

首を縦に振った分銅屋仁左衛門に東野市ノ進が別の話を始めた。

「いえいえ。かえってお手を煩《わずら》わせいたしました」

「いや、助かっている。恥ずかしい話だが、人手が不足でな。十分に手が回っておらぬ」

東野市ノ進が首を左右に振った。

「それにしても増えたな」

「はい」

分銅屋仁左衛門が同意した。

「おぬしのところは、用心棒のおかげで被害はないようだが、他所《よそ》ではそうもいかぬ。報《しら》せを受けて駆けつけても、すでに逃げた後」

苦く東野市ノ進が頬をゆがめた。

「………」

ここでうなずけば、町奉行所の力不足を認めたことになる。分銅屋仁左衛門は無言で応じた。

「奉行所のなかでも、問題にはなっておるのだがな。なかなか妙手も浮かばぬ」

東野市ノ進が嘆息した。

「その場でなければ、捕まえられませぬか」

「人相が合致しただけでは、難しいな」

分銅屋仁左衛門の質問に、東野市ノ進が一層顔をしかめた。

「お呼びと聞いたが……」

そこへ左馬介が現れた。

「東野さまが諫山さんにも話を聞いて欲しいと」

「悪いの。休息していただろうに」

分銅屋仁左衛門に続けて、東野市ノ進が述べた。

「お気になさらず」

両刀を差しているとはいえ左馬介は浪人で、身分からいけば民になる。左馬介が東野市ノ進の謝罪を受け入れた。

「では、早速に始めようか。半刻（約一時間）で百両を稼ぐと言われている分銅屋どののときを無駄にするわけにはいかぬでな」

「おおげさな……」

分銅屋仁左衛門が、閉口した。

「さて、昨今、不逞《ふてい》の輩《やから》どもによる強請集《ゆすりたか》りの類いが増えていることはわかっておるだろう。実際、被害を受けた商家もある。分銅屋どののところも何度か経験しているな」

「何度かは」

確認された分銅屋仁左衛門が、認めた。

「そのすべてを防いだ」

「はい」

続けての確認にも分銅屋仁左衛門は首肯した。

「どうしてできたのだ」

「ここにいる諫山さまのおかげでございまする」

核心の問いに分銅屋仁左衛門が、答えた。

「うむ」

満足そうに東野市ノ進がうなずいた。

「用心棒は有効であると証明されたわけだ」

「今さらとは思いまするが……」

東野市ノ進の意図が読めなかった分銅屋仁左衛門が、怪訝《けげん》な顔をした。

「町奉行所としては、大店《おおだな》にだけでも用心棒を置いてもらいたいと考えている」

「よろしいのでございますか」

分銅屋仁左衛門が驚いた。

町奉行所役人の矜持《きょうじ》は高い。江戸の治安は我らが守っているとして、役割の重なる火付盗賊改方《ひつけとうぞくあらためかた》とぶつかり合うことも多い。その町奉行所が役人でもない用心棒に、店のなかだけとはいえ治安を預けるなど考えられない話であった。

「……よくないわ」

穏やかな顔をしていた東野市ノ進が表情を一変させた。

「では、なぜに」

用心棒を勧めるというのは、町奉行所では対応できないと言っているのと同じであり、これは商人たちの不審を買いかねない行為であった。

「お奉行さまのご命じゃ」

苦い顔のまま東野市ノ進が告げた。

「……お奉行さまの」

「町奉行所の名前が墜《お》ちても、今の状況を改善せねばならぬとの仰せよ。名より実を取ることこそ、江戸の治安を守る者の役目だそうだ。いずれ町奉行から転じていくお方はそれでよいだろうがな、子々孫々まで町方である我らにとって……」

不満を東野市ノ進がぶちまけた。

「なぜ、このようなことを」

下僚の不満が大きくなるのは、自明の理である。それをわからないようでは町奉行までは出世できない。

それをわかっていてするという町奉行に分銅屋仁左衛門が疑問を持った。

「ご老中さまに叱《しか》られたらしい」

東野市ノ進が目を伏せた。

「さようでございますか」

町奉行とはいえ、幕府の役人の一人には違いない。老中に叱られたとあれば、下僚の機嫌がどうなろうと気にするはずはなかった。

「ですが、それでは当家にお見えになるより、口入れ屋《くちいれや》の山城屋《やましろや》さまや讃岐屋《さぬきや》さまに行かれたほうがよろしいのではございませんか。わたくしのところは、もう用心棒を雇っております」

来た理由を分銅屋仁左衛門が尋ねた。

「それなのだがな。ただ用心棒を雇えと言ったところで、かならずしも効果があるとは思えぬだろう。用心棒が思ったよりも弱いくらいならばまだよいが……」

ちらと東野市ノ進が左馬介に目をやった。

「用心棒が盗賊に早変わりするかもと」

その意味を分銅屋仁左衛門はすぐに悟った。

「ああ」

東野市ノ進が首を縦に振った。

「ますますご用件がわかりませんな」

分銅屋仁左衛門が困惑した。

「……それがだな」

言いにくそうにしながら、東野市ノ進が続けた。

「よい用心棒を選定してもらいたいのだ。諫山どのに」

「えっ、拙者が」

東野市ノ進に指名された左馬介が驚愕《きょうがく》した。

「どうだろうか、分銅屋どの」

雇い主の許可も要る。東野市ノ進が分銅屋仁左衛門へ顔を向けた。

「お断りいたしましょう」

きっぱりと分銅屋仁左衛門が拒んだ。

二

その日喰《く》うだけで、一日百五十文はかかる。そこに家賃や湯屋《ゆや》の代金などを加えれば、最低でも二百文以上は稼がないと江戸では生きていけない。

「壁土練り、二百八十文。二人」

「大工の下働き、三百文。ただし、鋸引《のこぎりび》きの経験がある者に限る」

早朝、口入れ屋で日雇いの仕事が募集される。

「拙者を」

「おいらが」

景気が悪くなった影響で募集も日当も減っている。早い者勝ちで、どんどん募集は締め切られていく。

当たり前の話だが、職人は日がある間しか仕事をしなかった。いや、できないのだ。

そのぶん、日が昇ればすぐに仕事に入る。その手伝いをするならば、遅くとも夜明けと同時に口入れ屋に来ていなければならない。

「仕事をくれ」

「なにかないか」

日が高々と昇ってから口入れ屋を訪れてももう遅い。

「今日のぶんは終わったよ」

「ないね」

出遅れた者に口入れ屋は冷たい。朝一番にやって来ない連中など、仕事を紹介したところで、まじめに働かないとわかっているからだ。

仕事を斡旋《あっせん》することで、雇う方、雇われる方の両方から口銭《こうせん》をもらうのが口入れ屋の商いである。やる気のない者を送り出しては、店の評判にかかわる。

「仕事を十分に用意できないとは、口入れ屋の風上にもおけぬ」

「けっ、二度と来るか」

この手の者ほど、吾《わ》が身を省みることはない。

江戸は膨張を続け、深川《ふかがわ》や本所《ほんじょ》など槌音《つちおと》が響いている。それでも流入してくるあぶれ者の数には追いつけなかった。

「用心棒を紹介してくださいな」

そんなところに、新たな需要が生まれた。

町奉行所の勧めに応じた商家から、用心棒の手配依頼が増えた。

「お待ちを」

頼まれた口入れ屋も安易には引き受けられなかった。

なにせ用心棒を求めている顧客が、町内でも指折りの商家ばかりであったからだ。

「では……」

適当に紹介して、なにかあれば店は潰《つぶ》される。

かといって、用意できませんと避けるのは口入れ屋として、人脈も実力もないと言うに等しい。

口入れ屋にできるのは、引き延ばしだけであった。

「おう、店は奉公人のしつけがなっちゃいねえな」

用心棒がいないところを無頼は嗅《か》ぎつける。

「小僧がおいらを見て嗤《わら》いやがった」

柄《え》のないところに柄をすげるのが、無頼のやり口である。

「そんなことは……」

糾弾された小僧が否定しようとも聞いてはいない。

ここで凄《すご》むだけの無頼はまだましであった。

「どうしてくれる」

「うるせえ。おいらが嘘《うそ》をついているとでも」

酷《ひど》い奴はいきなり店の調度を蹴りあげる。

「気にくわねえ」

もっと酷いのになると、いきなり小僧の胸ぐらを摑《つか》んで引きずり回す。

「穏やかに、穏やかにお願いいたしまする」

店としては小僧が嗤ったかどうかなどどうでもいい。世間体を気にするほうに重きを置く。

「これで勘弁を」

懐紙《かいし》に一分あるいは二分包んでことを収めようとする。

「仕方ねえ。以後気をつけな」

賢い無頼はここで終わらせる。二分あれば、十日は喰える。吉原で端女郎《はしじょろう》を買うなら三日や四日は居続けられる。

「なんだこれは。子供の駄賃じゃねえ」

愚か者は少ないと文句を付けてより暴れる。そうなると商家も黙っていない。出入りの御用聞きを呼ぶことになる。

口入れ屋が逃げをうっている間にも被害は広がっていた。

「どうする」

南町奉行所で、与力《よりき》、同心が集まって話し合いをおこなっていた。

「お奉行さまのご機嫌は悪いぞ」

町奉行所筆頭与力が嘆息した。

「御用聞きを増やすか」

「その金はどこから出るのでございまするや」

吟味方《ぎんみかた》与力の提案は、定町廻り同心に否定された。

御用聞きは町奉行所が抱えている小者《こもの》ではなかった。与力や同心が個人の金で雇用している私的な奉公人であった。

「合力金《ごうりききん》から出すわけにはいかぬぞ」

奉行所の内政を預かる年番方《ねんばんがた》与力も首を横に振った。商家や大名家から、何かあったときにはよろしくと町奉行所には節季ごとに気遣いの金が出ていた。その金で薄禄《はくろく》の町奉行所役人は、身分不相応な贅沢《ぜいたく》ができる。誰も己《おのれ》の取り分を減らすことに賛成はしない。

「金もそうだが、縄張りはどうする」

老練な臨時廻り同心が懸念《けねん》を付け加えた。

御用聞きは十手《じって》を預けてくれている与力、同心からもらう手当だけではとてもやっていけなかった。

なにせ、節季ごとに一分、あるいは二分、よくて一両ほどしかもらえない。これでは、己一人の生活も難しい。

犯罪人の捕縛などもおこなうが、御用聞き本来の仕事は、縄張りの治安維持である。縄張りを毎日見廻り、異状がないか、なにか困りごとはないかを確認する。

もちろん、それだけでは金にならない。

「頼んだよ」

「内聞にね」

店の奉公人が金を盗んで逃げた、跡取り息子が妻でもない娘に手を出した。こういった表沙汰《おもてざた》にはしたくないが、放っておくわけにもいかないといったときに御用聞きが役に立つ。

「任せてくださいな」

御用聞きは、町奉行所へ根回しをして逃げた奉公人を手配しないようにしながら独

自に捜索し、

「十分に慰め金をもらってやるから」

いたずらをされた娘と両親兄弟をなだめる。

「いつもすまないね」

どこの店でもこういったことの懸念はある。そうなったときのため、日頃から御用聞きに金を渡して、機嫌をとっている。

その金が御用聞きの生活を支えていた。

となると新たな御用聞きを任じれば、相応の縄張りが要る。

「ちょっと、おめえの縄張りを分けてやってくれ」

そんなことを既存の御用聞きに言おうものなら、

「旦那を替えさせていただきやす」

あっさりと鞍替《くらが》えされてしまう。

配下に見切られるなど、町方役人にとって最大の恥であった。

「東野、もう一回分銅屋に頼んでこい」

案に詰まった筆頭与力が、東野市ノ進に命じた。

「ただでは、動きません」

無償で左馬介を使おうとしたのが、分銅屋仁左衛門を怒らせた理由であった。

「その面談の間、諫山さまのお仕事はどうなります」

口入れ屋まで出向いてくれとの要望は、分銅屋仁左衛門の怒りを買った。当たり前であった。左馬介の日当は分銅屋仁左衛門が、用心棒として働かせるために支払っているのだ。口入れ屋へ出向いて面談している間、分銅屋は用心棒がいなくなる。その間の弁済もないとなれば、商人が認めるはずもなかった。

「ならば、分銅屋に用心棒候補を出向かせるゆえ……」

「冗談ではございません。そのような何者かもわからぬ者を店に受け入れるなど。もし、居直られたときはどうしてくださいますか」

代案も拒絶された。

「東野さまをはじめとする町方の方々が、なされればよいでしょう。場所ならば大番《おおばん》屋《や》を使われれば」

大番屋は町奉行所の役人たちが詰めたり、捕まえた犯罪者を牢屋敷へ送るまでの間拘留しておくところである。かなりの大きさがあり、五人や十人なら余裕で入れた。

「役人が浪人にお墨付きを与えることはできぬ」

東野市ノ進が、町奉行所が直接かかわるわけにはいかないと首を横に振った。

「それを押しつけられても困りますな」

「……」

分銅屋仁左衛門の正論に、東野市ノ進は黙って退散するしかなかった。

「無理を押しつけて、またぞろ合力金を止められては困るぞ」

年番方与力が筆頭与力を抑えた。

「お奉行さまにはどう言いわけする」

不機嫌になった筆頭与力が一同の顔を見回した。

「いい人材がなかなか見つからずと言うしかなかろう」

事実をそのまま伝えると年番方与力は返した。

「それしかないか」

叱られるとわかっている筆頭与力が嫌そうな顔をしながら、腰をあげた。

町奉行所というのは特殊な形態を取る。勘定奉行のように職務に精通しなくてもよく、番方というより役方に近い。格は高いが、評定所《ひょうじょうしょ》での席次は低く、勘定奉行と違い常任ではない。なにより下僚との関係に特徴があった。

それは下僚である町奉行所与力、同心が世襲でどのような手柄を立てようとも、出世や異動がないことに起因していた。

「手柄を立てても意味はない」

「下手《へた》に異動するより、余得が多い」

与力、同心もすでにあきらめている。

上司と下僚の考えが違いすぎた。

あと一段の出世をとあがく町奉行と、それよりも合力金を増やしたいと願う与力、同心が同じ方向を見られるはずもなかった。

「何をしている。今日もご老中さまにお叱りを受けたぞ」

「鋭意、努力をいたしておりまするが、なにぶんにもご城下は広く……」

町奉行の叱責《しっせき》を筆頭与力はぬらりくらりとかわした。

「分銅屋は従っておるのだな」

ようやく町奉行山田利延が分銅屋仁左衛門の動向を気にした。

「それが、こちらの仕事ではないと」

筆頭与力が目をそらしながら告げた。

「なんだとっ」

山田利延が驚愕した。

高禄旗本にとって民とは、唯々《いい》諾々《だくだく》と従う者という認識がある。町奉行所からの通達ならば、喜んで承諾すると思いこんでいた。それが崩れた。

「そなたたちは、なにをしておる」

「何度も担当である定町廻り同心東野市ノ進を向かわせて、説得いたしたのでございますが」

筆頭与力が東野市ノ進の名前を出して、己はかかわっていないとほのめかした。

「知らぬ名じゃの」

山田利延が首をかしげた。

「……………」

町奉行が新たに赴任してきたとき、町奉行所の与力、同心はそろって出迎える。さらに町奉行所役宅の玄関で、町奉行が見下ろすなか、与力は玄関式台、同心は土間に控えて、名を告げる。

山田利延もその儀式を経ていたが、それ以降家督を継いだ同心のことまでは覚えていなかった。

筆頭与力が黙ったのも当然であった。

「商人を従わせられぬとは、情けない。そのような者が定町廻りを務めておるとは

「……人がおらぬにもほどがある」

「…………」

無言で筆頭与力は目を伏せた。

「まったく、いたしかたない。余が自ら命じよう。さすれば、分銅屋も喜んで引き受けるだろう」

「……お奉行さまがお出向きに」

筆頭与力が首をかしげた。

町奉行は江戸城へあがるとき、役屋敷ではなく自前の屋敷へ戻るとき以外、まず町奉行所から出なかった。

「阿呆《あほ》なことを申すな。なぜ、町奉行たる余が参るのだ。分銅屋を呼び出せ」

「お待ちを」

思わず筆頭与力が止めた。

「なんじゃ」

山田利延が不機嫌そうな顔を見せた。

「畏《おそ》れながら分銅屋は御三家尾張《おわり》さまをはじめ、諸方への出入りが許されております。さらにお側御用取次の田沼主殿頭《とのものかみ》さまの御用商人でもありまする」

軽々に扱ってはまずいと、筆頭与力が山田利延を諫《いさ》めた。

「……では、余に商人のもとへ行けと」

山田利延の機嫌がさらに悪化した。

「わたくしが参りまする」

「そなたならばできうると」

冷たい目で山田利延が筆頭与力を見た。

「なんとか説き伏せまする。諾を得られずとも、お奉行さまの御前に参るようにとは頼んで……」

「頼んでだと」

与力とはいえ、武士である。武士が商人に低い姿勢で近づく。それを山田利延は許せないようであった。

「お任せを」

これ以上は余計にこじれると、筆頭与力が委任してくれと願った。

「……よかろう。だが、町奉行所の権威を落とすようなまねは、決していたすでないぞ」

山田利延が釘《くぎ》を刺した。

三

お側御用取次の権は大きいが、執政ではない。

将軍へ意見を具申はせず、下問に答える。もちろん、老中や若年寄、勘定奉行などが将軍へ上申しようとした案件を可否できるというところからいえば、政《まつりごと》にかかわっているとも言えるが、正式なものではなかった。

つまり、現在、江戸の城下町で起こっている治安のゆらぎへの責任は問われない。あくまでもこれは執政である老中と江戸の城下を差配する町奉行の問題であった。

「なかなかうまくいかぬようじゃの」

屋敷に戻った田沼意次が用人の井上伊織に話しかけた。

「町奉行さまは、ご苦労なさっておられるようで」

井上伊織がわざとらしく首を左右に振った。

「手は打っているのだろう、両奉行は」

北町奉行依田和泉守、南町奉行山田肥後守のことを田沼意次が気にした。

「分銅屋から話を聞いておりまする」

「……なんと」

田沼意次が興味を持った。

「南町奉行山田肥後守さまから、諫山どのを貸せと言われたそうで」

「諫山を貸す、はて」

意味がわからないと田沼意次が首をかしげた。

「浪人のなかから用心棒としてふさわしい者を選び出せだそうでございまする」

「なるほどな。目の付けどころはよいな。たしかに諫山は、用心棒になるために生まれたような男じゃ」

田沼意次がうなずいた。

「断ったのだろう」

「はい。そのように分銅屋が申しておりました」

推測した田沼意次に井上伊織が首肯した。

「やはりな。諫山にそのようなまねをさせても、分銅屋には何一つ利がない。商人を動かすには、それなりの利を出さねばならぬ」

「仰せのとおりでございまする」

井上伊織も同意した。

「やれ、山田肥後守はそれもわからぬか。とても町奉行という重責にふさわしいとは思えぬ」

田沼意次があきれた。

「早めに交代させねば、公方《くぼう》さまの足下が揺らぎすぎるな」

冷たく田沼意次が言った。

政にかかわらないとはいえ、将軍たる家重が幼少の病の後遺症で、言葉を発することができないとなれば、話は変わってくる。

「公方さま」

翌朝、家重に目通りを願った田沼意次は、現在までの経緯を報告した。

「うわあああう……」

聞いた家重の表情が曇った。

「どのようにすればよいかとお尋ねでございまする」

長く家重の側《そば》にいることで、唯一その意をくめる側用人大岡出雲守忠光《おおおかいずものかみただみつ》が通訳をした。

「町奉行を交代させるべきかと存じまする」

下問されたならば答えるのが、臣下の役目である。どのような提案をしようとも、問題にはならなかった。

「りあうあち……」

「両方ともかとお訊《き》きで」

「役に立たない提案をする者と、それを訂正して効果のある方法を採れぬ者。どちらも公方さまのお膝元《ひざもと》を預けるにはふさわしくないかと」

「ら、らひい……」

「大事ないのかとお訊きでございまする」

大岡出雲守は代弁した。

「新たに町奉行となる者への戒めによろしいかと」

「あはうふえ」

「任せると仰せ」

「ははっ」

家重の許可をもらった田沼意次が、平伏した。

お側御用取次はどの役職からも煙たがられている。とくに将軍との目通りを差配されて、思うように仕事を進められない老中からは厭《いと》われていた。

「主殿頭である。どなたでもかまいなし。執政さまにお目にかかりたい」

御用部屋前まで出向いた田沼意次が、御用部屋坊主に頼んだ。

「伺って参りまする」

御用部屋坊主が、すぐに上《かみ》の御用部屋へと姿を消した。

「……すぐに西尾隠岐守《にしおおきのかみ》さまがお出《い》でになられまする」

戻ってきた御用部屋坊主が田沼意次に伝えた。

「ご苦労である」

御用部屋坊主に田沼意次が城中での金代わりとして使われる腰に差していた白扇を渡した。

「これは……ありがとうございまする」

喜んで御用部屋坊主が受け取った。

「いかがした」

珍しく、さほど待つこともなく、老中西尾隠岐守が御用部屋から顔を出した。

「ご多用中に申しわけなき仕儀ながら、公方さまより内々のお言葉を預かって参りましてござる」

「公方さまより」

いかに老中といえども、将軍の意見はないがしろにできなかった。

「あくまでも内々ということでございますれば」

公式ではないと田沼意次が念を押した。

「うむ。承《うけたまわ》ろう」

西尾隠岐守が軽く頭を垂れた。

公のものとして将軍の台命《たいめい》となると、西尾隠岐守は下座に控えて、額を床にこすりつけなければならなくなる。なにより、台命は拒むことはできず、かならず成し遂げなければならない。

「城下の不穏をなんとかいたせ、次第によっては町奉行の交代も考えねばならぬとのお言葉でございました」

「…………」

田沼意次の口から出された内々の意思を受けた西尾隠岐守が一瞬無言になった。

「よろしゅうございますな」

聞こえただろうなと田沼意次が確かめた。

「たしかに承ってございまするが……」

内々とはいえ否《いな》やはできなかった。西尾隠岐守が首肯しつつ、疑問を口にした。

「町奉行の更迭ありきと考えて」

まず二人の町奉行を替えろと家重が求めているのかどうかを、西尾隠岐守が問うた。

「かならずではないと。ただ、すべきとあればためらわず」

うまく田沼意次が応じた。

「ならば、承知仕《つかまつ》りましたとご復命してくれるように」

「そのように」

わかったと言った西尾隠岐守に、田沼意次が一礼をした。

将軍の命を台命といい、勅命《ちょくめい》に次ぐ格を持つ。

天下が徳川家のものである今、現実は勅命より台命が強い。

老中とはいえ、将軍の家臣でしかない。主君からの指図に逆らうことはもちろん、手を抜くようなまねはできなかった。

かといって、天下の政を担わされている老中が、直接かかわってはいられなかった。ましてや、江戸の治安となると老中たちにとって門外漢である。となると、専門家に任せるのが良策であった。

「町奉行どもをこれへ」

西尾隠岐守が、南北の両町奉行を呼び出した。

「公方さまよりお言葉が……」

両町奉行の顔色が変わった。

老中たちも町奉行にとっては上司には違いないが、それでも同じ将軍家の家臣である。その命も重いが、将軍とは比べようがなかった。

「なにをしておる」

老中の命にそぐえなかったとしても、叱られるだけか、悪くても更迭されるくらいですむ。

「意に染まぬ」

将軍から見放されたら、旗本として終わる。更迭ならば助かったと安堵《あんど》できる。下手をすれば改易もあるのだ。

「しっかりと任に務めよ」

西尾隠岐守は言うだけ言って、二人を下がらせた。

「……そう言われても」

「まさに」

山田利延と依田政次は、御用の間近くの空き座敷で向かい合った。

「いろいろ手立てもしているというのに」

「与力、同心どもに巡回を指示もしている」

二人がそろって難しい顔をした。

「これ以上どうすれば……」

「手がござらぬ」

二人ともが困惑した。

「とにかくなんとかせねばなりませぬ」

「たしかに」

山田利延の焦りに依田政次も同意した。

「与力、同心どもに案を出させましょう」

「さようでござるな」

二人の結論は、配下に押しつけるとなった。

「よき手立てがあれば、お教えくだされよ」

「わかっております る。貴殿もお隠しあるな」

普段は互いを蹴り落とす対象としている二人だが、今回はそういうわけにはいかなかった。出世のためではない。保身のためのほうがはるかに大事であった。

現在の状況に焦燥感を覚えているのは町奉行だけではなかった。

「政《まさ》の野郎がしょっ引かれただと」

江戸に縄張りを持つ博徒ややくざの親分たちにも影響は出ていた。

「へい。いつものように酒を上納させようと上州屋《じょうしゅうや》へ出向かれたところに、御用聞きがいあわせやして」

兄貴分を見捨てて逃げてきた若い者が告げた。

「またか。今月に入ってもう三人だぞ」

親分が苦い顔をした。

「ですが、親分。上州屋に御用聞きなんぞいなかったはずでございやすが」

別の若い者が首をかしげた。

「そういえばそうですぜ。ここらを縄張りとしている天神《てんじん》の立三郎《たちさぶろう》は、金を出さない店なんぞ相手にしなかったはず」

若い者の取りまとめをしている代貸《だいが》しが疑問を呈した。

「ちゃんと話を聞いていなかったのか、おまえらは」

親分が嘆息した。

「無宿の新顔が増えて、町奉行所が躍起《やっき》になっていると言ったろうが」

「ああ」

代貸しが思い出したと手を打った。

「強請《ゆすりたか》集りが増えたことくらい、おめえらも勘づいているだろう」

「それはたしかに」

「この間も見やした」

親分の言葉に代貸しと若い者が首肯した。

「まったく、ど素人《しろうと》どもはなにもわかっちゃいねえ。縄張りで働くときには、挨拶《あいさつ》をしたあとあがりの半分を納めるしきたりがあるというのに、どれひとつ果たしもしねえで好き放題しやがる」

「…………」

親分の話を代貸し以下、子分たちが傾聴した。

「苦情も来ているんだろう」

「山のように」

顔を向けられた代貸しが首を縦に振った。

「なんのための金だと。なかには今月からお断りをさせてもらうというところも」

申しわけなさそうに代貸しが言った。

博徒ややくざは、おもに賭場《とば》の寺銭《てらせん》で飯を喰っている。ただ、賭場は安定した収入とはなり得なかった。

「手入れだ」

町屋の場合は町奉行所が、寺の場合は寺社奉行所が、武家屋敷の場合は徒目付《かち》が管轄している。先代将軍吉宗の倹約令のなかで贅沢以上に厳しく咎《とが》められたのが、生産性をまったく持たない博打《ばくち》であった。

吉宗が賭場の取り締まりを厳密にさせるまで、町奉行所の役人には鼻薬を嗅がせなければならなかったが、寺社奉行や徒目付は検《あらた》めをする気がなく、安全に賭場が開けていた。

その状況が変わった。

「とんでもないこと」

「店の名前が出たら、終わりですからね」

手入れが頻発したことで賭場の上客だった豪商が足を遠のかせた。

さらに手入れを一度喰らうと、そこにあった金はすべて幕府に没収される。賭けの現場では現金代わりの木札《きふだ》を使っているので、押収されてもさほどの痛手にはならないが、その賭場で木札と金を交換する代貸し場にはかなりの金があり、それを根こそぎ持っていかれてはたまらない。

つまり賭場は博徒にとって、大きな収入をもたらすこともあるが大損を招くことも少なくない、まさに博打場であった。

「安定した儲けを」

一日しか考えない下っ端なら、今日は金がある、明日はわからないでもいいが、一家をかまえるほどとなると、面倒を見なければならない者も出てくる。

「なにかあったとき、守ってやるよ」

「若い者に、馬鹿をするなと釘を刺しておく」

そういって縄張り内《うち》の商家から節季ごとに金をむしるのである。

「お願いしますよ」

金額を値切っても了承すればよし、

「お断りを」

拒めば、翌日から若い者が店の前でたむろして、入ろうとする客を威嚇《いかく》する。

「……わかりました」

店のなかで暴れるなりしてくれれば御用聞きに訴えられるが、外は公の往来なのだ。

いくら嫌がらせをしているとわかっていても排除は難しい。

結局は折れることになった。

なぜ、こう簡単に博徒の要求を受け入れるか。それはひとえに御用聞きの手が回らないからであった。

もちろん、商家は御用聞きにも挨拶の金を贈っている。

「なにかあったときは、お願いしますよ」

奉公人や家族がなにかまずいことをしでかしたときの糊塗《こと》、無頼などが躍りこんできたときの対応を頼むためであった。

しかし、御用聞きはどれほど大きな縄張りを持っていても、配下の数には限度があった。多いところでも下っ引きを十人も抱えているところは珍しい。せいぜい五人くらいで、少なければ三人というところもあった。そんな数で、縄張り内の商家すべてに張りつくのは不可能であった。

博徒たちはその隙間《すきま》に商機を見いだした。一度強請集りにやられて受ける被害よりも、少し安い金額で、少なくともその配下たちからの侵略はなくなる。

なにせ、縄張り内の商家に脅しをかけるのは、そこの博徒なのだ。

火を付けてから消しに入るではないが、火種が近づいてこない。それだけで商家は助かっていた。

その状況が崩れた。

縄張りもなにもあったものではない無宿者が新たな無頼となって、強請集りにやって来る。

「金を払っているのに……」

当然、商家の不満は高まる。

「うるせえ、黙って金を払えばいいんだ」

そう凄むこともできるが、それをすると反発が大きい。

「なんとかしてくださいませ」

縄張り内の商家が揃《そろ》って町奉行所へ陳情すれば、金をもらっている町奉行所の役人たちは弱い。

「手入れをする」

その博徒の賭場をしつこく検めるだけでなく、

「ちょっと来い」

配下たちを些細《ささい》な罪で連行する。

金と人を失えば、どれほどの規模を誇ろうとも続かない。

「若い者を集めろ」

博徒の親分が決断した。

四

無宿者は居場所を固定しない。

昨日は荒れ寺、今日は遊郭《ゆうかく》と金のあるなしでも変わるし、

「ここらはけちくさい店しかねえ」

強請集《ゆすりたか》りで稼げる金が少ないと、あっさり宿《やさ》を移す。

そんなこともあり、ずっと縄張りに根付いていた博徒ややくざは無宿者を相手にしなかった。

しかし、そうも言っていられなくなってしまった。

縄張り内の商家から、冥加金《みようがきん》を取りあげているなら、それなりのことをして見せろという突きあげが来てしまった。

これを放置していると、やがて縄張り内での権威が落ちる。

「偉そうなのは口だけかい」

日頃おとなしい商人たちも、無駄金を続けるのは我慢ならない。

「集まったか」

博徒の親分が、土間を埋め尽くす配下たちを前にした。

「今日の集合がなんのためかは、わかっているな」

「へい」

配下を代表して代貸しが首肯した。

賭場で親分に代わって、客に金を貸すことから代貸しと呼ばれるようになった若頭は、銭勘定できるだけの頭と、賭場荒らしと遣《や》り合うだけの度胸を持っている。いわば、親分の片腕であった。

「寅《とら》、無宿者の居場所はわかっているな」

「調べてありやす。米屋と八百屋の辻奥《つじおく》にある荒れ寺に得体の知れない連中がたむろしていやがると」

親分に問われた配下の一人が答えた。

「あそこか。五郎《ごろう》、おめえあの辺の生まれだったな。荒れ寺には裏門があったか」

別の配下に親分が訊いた。

「ございやす。そこには隣の辻から……」

五郎と呼ばれた配下が説明した。

「よし、二手に分けるぞ。権蔵《ごんぞう》、おめえは五人連れて裏門へ回れ」

「合点でさ」

代貸しがうなずいた。

「残りは、おいらと一緒に正面からだ」

「おう」

親分の指示に若い者が応じた。

「いいか、相手は御上《おかみ》も手に余している無宿者だ。片付けたところで、しゃかりきになって下手人《げしゅにん》捜しなんぞはしやしねえ。二度とこちらの縄張りに近づこうと思わないほど徹底してやれ。遠慮するんじゃねえぞ」

「…………」

暗に皆殺しにしろと言っている親分に、配下たちが緊張した。

「得物《えもの》に目を通したな」

折れかけの長脇差《ながわきざし》や刃先の欠けた匕首《あいくち》で戦えば負ける。それを親分は注意した。

「……よし、出るぞ」

親分が右手を握って突きあげた。

十人をこえる博徒が町内を歩く。

それだけでも目を惹《ひ》くのに、その全員が血走った目をしているとなれば、野次馬や物見高い連中でも近づこうとはしない。

「あっしらはここで」

裏門を担当する代貸しの権蔵が途中で分かれた。

「ぬかるんじゃねえぞ」

親分が激励なのか、釘を刺したのかわからない言葉で見送った。

「見えてきやした」

寅が荒れ寺の山門を指さした。

「見張りもいねえな」

「無宿者は一つにまとまってやせんから。雨風を防ぐのにここが便利だと住みついているだけで」

あきれる親分に寅が告げた。

「まあ、こっちにとっては都合がいい」

親分がにやりと嗤《わら》った。

「もっとも無宿者を片付けた奴には、五両やる」

山門の前で親分が餌《えさ》をぶら下げた。

「五両……」

「それだけあれば、吉原で十日は遊べる」

たちまち配下が餌に食いついた。

「怪我《けが》するような、下手を打つんじゃねえぞ」

念を押した親分が、一同の顔を見回した。

「やっちまえ」

「わあぁ」

「皆殺しだあ」

親分のかけ声に配下たちが手に得物を握りしめながら、走り出した。

無宿者たちは油断しきっていた。

それぞれの国元にも博徒ややくざのような連中はいたが、江戸ほど町内の規模が大きいわけではないためか、そもそも半分博徒の半分荷運び人足といった感じでしかなく、危機感も薄い。

よほどのことでもなければ、地元の者に暴力を振るうことはなかった。

それに今でこそ江戸へ流れて強請集りなどをしているが、国元では百姓や商家の次男以下としてこき使われていて、とても脅しをかけて金を取るなどしたこともない。

つまり、地元のそういった危ない連中と争った経験がほとんどなかった。

縄張りを荒らされた博徒ややくざが怒るかを知らなかったのだ。

「今日は儲かった。あの呉服屋は弱腰だ」

「どこだそれは」

「教えられるか。この金がなくなったら、またもらいにいかなきゃならねえんだからな」

「けちくさいことを言うねえ。同じ境遇じゃねえか」

それぞれが稼いだ金で買ったのか、脅し取ったのかわからない酒を呑《の》みながら、騒いでいた。

「おうりゃあ」

「くたばりやがれ」

そこへ配下たちが襲った。

「な、なんだっ」

「うわあぁ」

「てめえら、何者《なにもん》だあ」

それぞれに対応は違うが、誰もがうろたえてまともに対応できていない。

「ぎゃああ」

「斬りやがった」

飛びこんできた配下の一人が長脇差を振るった。

心得のない若い男が力任せに振り回しただけの一撃は、浅いとはいえ無宿者を傷つけていた。

「やられる」

血を見た無宿者が逃げ出そうと背を向けた。

「いかすかあ」

背中を見せた者ほど狙われる。

配下の一人が腰だめにした匕首をかまえて無宿者の背中へ突っこんだ。

「ぎゃあ」

深々と腰の辺りを刺された無宿者が絶叫した。

「一人やったぞ」

配下が大声をあげた。

「ちい、このままじゃ五両が」

「まだまだ」

他の配下たちも勢いのまま無宿者を追い詰めていった。

「助けて」

命乞いも五両という褒美の前には意味はなかった。

「ぐえええ」

武芸の修練もなしの攻撃は、一撃で致命傷を与えることはできない。それでも刃物があたれば、傷は付く。

「死ね、死ねえ」

荒れ寺はたちまち阿鼻叫喚に呑みこまれた。

「……親分。終わりやした」

四半刻(約三十分)もかからずに掃討は終了した。

裏門を任せていた権蔵が報告してきた。

「ご苦労だったな。全部で何人だ」

「八人で」

「逃げた者は」

「裏門からは一人も出しやせんでしたが、壁を登って逃げた奴がいないとはかぎりやせん」

親分の確認に権蔵が答えた。

「一人二人なら、かえっていい。あちこちでこの辺りが危ないと言い触らしてくれるだろうよ」

満足そうに親分がうなずいた。

「怪我人はいねえな」

「それが……五郎の野郎が獲物を追うときに転んで足をくじきまして」

申しわけなさそうに権蔵が告げた。

「情けねえ」

親分がため息を吐《つ》いた。

面倒の原因である無宿者とはいえ、八人が惨殺された。

「放っておくわけにはいかねえなあ」

地元の御用聞きから報された北町奉行所定町廻り同心の佐野川作右衛門《さのがわさくえもん》が、なんともいえない顔をした。

「なにをしているのですかね、町奉行所は」

現場近くの町内に動揺が走る。

なにせ一人の殺しでも滅多にないのだ。それが一気に八人となると、近隣が不安になるのも当然である。

「鋭意探索中である」

町奉行所はしっかりと下手人を捕らえようとしている。その姿勢を見せなければ、町奉行所の信用が揺らぐ。

「黒熊《くろくま》の仕業か」

その寸前に徒党を組んで現場方面へ向かっていたこと、半刻ほどで意気揚々と引きあげてきたこと、目撃していた者は多い。調べるまでもなく、下手人が博徒の一味だとわかった。

「目障りになったな」

その理由を佐野川作右衛門はすぐに気づいた。

「こいつはまずいことになるぞ」

佐野川作右衛門が新たな危惧《きぐ》を覚えた。

「数日で、江戸中にこの噂《うわさ》は回る。そうすれば、他の連中も無宿者を襲う」

博徒ややくざは面目の商売でもあった。

そしてどこの親分たちも、無宿者の増加に頭を悩ませている。

そこに黒熊が縄張り内の無頼を一掃とはいわないが、片付けた。

「黒熊のは、やる」

「男をあげたな」

他の親分衆に黒熊は一目置かれる。

別に一目置かれたからといって、一文でも収入が増えるわけではないが、名前が重くなる。

「あいつだけに、いい格好はさせられねえ」

このままなにもしなければ、根性がないと嘲笑《ちょうしょう》されかねない。他の親分衆もそれなり以上の功績が要った。

「おいらたちもやるぞ」

「黒熊は八人だったそうだ。なら、こっちは十人だ」

血の気の多いのが博徒なのだ。へんなところで負けん気を出す。

「江戸が荒れる」

佐野川作右衛門が身震いした。

北町奉行所が把握したことは、すぐに南町奉行所へももたらされた。

ことは北町奉行所の管轄だけでなく、江戸のすべてで起こる可能性がある。

「お奉行の耳に入れるか」

南町奉行所筆頭与力清水源次郎《しみずげんじろう》が、悩んだ。

「入れぬわけにはいきますまい」

先例を調べるのと奉行所内の事務一切を担当する年番方与力が首を横に振った。

「あのお奉行だぞ」

清水源次郎が表情をゆがめた。

すでに町奉行所のなかで、山田利延は崖っぷちだと見られていた。

「北町の依田和泉守さまからお話しがありましょう」

こっちで隠しても、他所から入ると年番方与力が諭した。

「気が重いわ。またぞろ馬鹿を言いだされぬかどうか……」

「言いだされましょうなあ。お膝元に博打打ちがいるなど将軍家の恥だと」

清水源次郎の懸念を年番方与力が認めた。

「無理だぞ」

「わかっておりまする」

流入する無宿者にさえ、対応できていないところに博徒まで加わっては、他の業務をすべて捨てて町奉行所全体で取りかかっても届くはずはなかった。

なにより御用聞きのなかには博徒と二足のわらじを履いている者も少なくない。

「御用聞きを敵に回すのは……」

清水源次郎が苦吟したところへ、北町奉行所の筆頭与力が訪れてきた。

北町、南町といっても同じ町方の役人で、娘を嫁に出したの、息子を養子にもらいうけたのとつきあいは深い。それこそ勝手知ったるなんとやらで、南町奉行所に北町奉行所の与力、同心が出入りすることはままあった。

「源次郎」

「あれか」

目の前に腰を下ろした北町奉行所の筆頭与力の呼びかけに、清水源次郎が応じた。

「どうする」

「できたら、報せたくないな」

「やはりの。同じよ」

今回のことで北町奉行の依田政次も、地位を失いかけている。

「いなくなる奉行のために、無理をすることはないと思わぬか」

「同意じゃ」

清水源次郎の誘いに北町奉行所の筆頭与力もうなずいた。

「箝口《かんこう》令を敷く」

「うむ」

両町奉行の方針が揃《そろ》った。

第三章　思惑の表裏

一

町奉行の山田肥後守利延、依田和泉守政次の評判が悪い。

執政から何度も呼び出しを受けては、叱責《しっせき》されている。

噂《うわさ》はあっという間に城中に広がった。

「好機である」

「吾《われ》ならば、あやつらよりできる」

たった二人しか選ばれない名誉ある役目だけに、その座を狙う者は多い。

千石から三千石といった高禄《こうろく》旗本が猟官運動を始めたのも当然であった。

「当家の者で巡回を」

そのなかの一人は、江戸の市中を家臣に見張らせようとした。

「家臣を貸そう」

出入りの商家で、江戸でも名の通っている店へ用心棒代わりの家臣を派遣する者も出てきた。

「近ごろは物騒でござれば」

「お城下の安寧を守ることこそ、旗本の本分」

自己の功績を周囲に誇って世間へ知らせたり、

「何々さまにお力ぞえをいただきまして、わたくしどもは安泰でございまする」

「わたくしども商人のこともお考えになってくださる。まことにありがたいことで」

商人を通じて要路へ噂を撒《ま》く。

こうして次の町奉行には、吾こそふさわしいと暗に表明する。

「ふざけたまねを」

「あのていどのものに……」

当然、その手の噂は山田利延、依田政次の耳にも入る。

「あやつごときが」

町奉行二人の反発が起こる。

「させてなるものか」

「手柄を立てさせるな」

さらに町奉行の座を狙う者同士も足を引っ張り合う。

結果、江戸城下はより混乱をきわめた。

「不審な者は問いただせ」

「身元を確認せよ」

これ以上の失態はまずいと、山田利延、依田政次の二人は、町奉行所の与力、同心に命じて、巡回する家中《かちゅう》の者、商家の用心棒代わりの者を誰何《すいか》させた。

「某《なにがし》家の者である」

身元を名乗れば、後日「役儀の邪魔をするな」と正式に抗議し、場合によっては目付に告げる。

「……………」

出せば、主家に迷惑がかかる。主家の名前を口にしなければ、不逞《ふてい》浪人として捕縛する。

こうすることで、後釜《あとがま》狙いの者たちを牽制《けんせい》しようとした。

「旗本が将軍家のお膝元《ひざもと》の安寧を守って問題が」

町奉行からの報告を受けた目付が要らぬことをするなと注意しても、大義名分は後釜狙いにある。

「ならぬ」

それを否定すれば、旗本のなかの旗本と自負する目付の心構えが疑われた。

「迷惑なことでございますな」

会合や宴席で顔を合わした商人たちが、ため息を吐《つ》いた。

「ご家中の方を用心棒代わりにと押しつけられても」

「用心棒だとこちらの指示に従ってくれますが……」

「守ってやっているというのは……ねえ」

「食事に酒を要求されるのですよ。どこに酒に酔う用心棒がいると」

「うちなんぞ、女中に無体を仕掛けられて」

商人たちの不満もたまってきていた。

「ご苦労なされてますなあ」

浅草の豪商が集まる会合に参加した分銅屋仁左衛門が慰めた。

「分銅屋さんがうらやましいですな」

「まことに。いい用心棒をお持ち」

他の商人たちが分銅屋仁左衛門をうらやんだ。

「いかがでしょうかな、分銅屋さん、そちらの用心棒さんにどなたかご紹介をいただけませんか」

「三河屋《みかわや》さんのところには、たしか愛宕石見守《あたごいわみのかみ》さまのご家中のお方が出向いておられるはず。そこに新たな用心棒など求められては、石見守さまの面目を潰《つぶ》すことになりませぬか」

分銅屋仁左衛門が紹介を求めた商人に返した。

「愛宕石見守さまのご家中の方なのですがね……まったくの役立たずでしてね。先日も強請集《ゆすりたか》りの類いが店へ来たとき、あっさりと厠《かわや》だと逃げられまして」

「お武家さまが強請集りの類いから逃げた……」

嘆息《たんそく》する三河屋に分銅屋仁左衛門が怪訝《けげん》な顔をした。

「五人だったのでございますよ」

「多いですな」

分銅屋仁左衛門が驚いた。

強請集りの類いは、あまり徒党を組まない。なにせ脅したところで、一両か二両ほどの金しか手に入らないのだ。

「百両だせ」

欲をかけば、裏口から抜け出た奉公人の報《しら》せを受けた御用聞きが駆けつけてくる。

「このくらいですめば……」

「大事《おおごと》にするわけにはいきません」

商家は商い以外の手間を嫌う。

「事情を説明してくれ」

当然、御用聞きを呼べば、町奉行所の事情聴取は受けなければならなくなる。

「うまくしてやるから……」

なかには地元の御用聞きが手配りをする代わりにと小遣いを要求してくることもある。

これらで無駄なときや金を遣うなら、地道に商売をしていたほうがまし。

強請集りの類いもそれをわかっているからこそ、数日遊べるていどの金で退《ひ》く。

そのくらいの稼ぎを五人で割れば、微々たるものになる。二両せしめても、一人あたりにすると二千四百文、二分に届かない。一日で一分稼ぐ腕のいい職人より多く、町人ならば四、五日過ごせるが、酒と女にすべてを費やすようなろくでなしだと、一日で使いきってしまう。

「最近、ちょっとした店にはお武家さまが常駐しているので、一人、二人では仕事にならないと感じたのでしょう。安くても数をこなせば、あるていどの金になりますし」

三河屋が述べた。

「しかし、無頼五人で逃げ出すとは」

「怪我《けが》でもしたらとお考えなのでしょう」

あきれる分銅屋仁左衛門に三河屋が苦笑した。

武士は主家に尽くす。その命は主家のために使うものであり、商家のためではないのはたしかだが、そもそも用心棒をしろということ自体が主命なのだ。逃げるなど論外である。

「石見守さまには」

「申しあげておりません。厠に行っていた間に金を払ったのは、そちらのやったことだとご家中の方が言いわけされましたし。それにこれはいざというときの切り札に使えましょう」

商人はただで起きない。転んだときにもしっかりその損失をどう補塡するかを考えている。そうでなければ店を大きくはできなかった。

「わかりました。他ならぬ三河屋さんのお願いですから。諫山さんに心当たりはないかと訊《き》いてみましょう」

「助かります」

引き受けた分銅屋仁左衛門に三河屋が頭を下げた。

「当家にも」

「わたくしも是非」

二人の会話を見守っていた他の商人たちも、口々に分銅屋仁左衛門にすがった。

「とても皆さまに応じられるとは思えません。足りなくても苦情はなしでよろしいですかな」

後で文句を言うなと分銅屋仁左衛門が釘《くぎ》を刺した。

会合を終えて茶屋を出た分銅屋仁左衛門を左馬介が待っていた。

「お待たせをいたしました」

「いや。こちらも休ませてもらった」

左馬介が手を振った。

分銅屋仁左衛門から休息するようにと小遣い銭を受け取った左馬介は、その金で茶屋を見張れる場所にあった茶店で団子と茶を楽しんでいた。

「いかがでしたか」

「可もなく不可もなくといったところだな」

分銅屋仁左衛門が訊き、左馬介が答えた。

「それは結構なことで」

小さく分銅屋仁左衛門が笑った。

一見すると団子の味を尋ねたようだが、そのじつは会合のおこなわれていた茶屋を見張っている者やなかを窺《うかが》おうとした者がいなかったかという質問であった。

「ということは、相手は小さいですね」

分銅屋仁左衛門が言った。

「助かると言えばいいのか、面倒だと言えばいいのか」

左馬介がため息を吐いた。

二人は今回の騒動が、どこかの親分にまとめられた一団がやっていることではなく、少数の無頼が個別にやっていると結論づけたのである。

親分のもとにまとまった連中は連携してくるし、仲間をやられれば復讐《ふくしゅう》を仕掛けてくる。それに比して、数名からせいぜい五、六名の無頼が集まっただけのものは、容易に叩《たた》き潰せるし、中心となる人物がいない関係で結束も弱い。仲間を殺されたからといって、襲い来ることはない。ただ、その代わり一つ潰しても根絶やしにできず、また新たな塊が生まれる。

「命の危険が薄くなったんです。喜んでくださいな」

「だが、頭を潰せば末端は逃げ散っていくのと違い、いくら叩いてもすぐに新しいのが湧くのは手間だぞ。ああいった連中はまとまっていない限り、横での連結はない。どこの店は襲うべきではないとの学習をしない」

より深く左馬介が嘆息した。

「諫山さま」

「なにかの」

歩きながら声をかけた分銅屋仁左衛門に左馬介が応じた。

「案山子《かかし》はいつまで効きましょうか」

「今月一杯」

町奉行の後釜狙いの旗本が大店《おおだな》に貸し出している家臣の効果はいつまで保《も》つかと問うた分銅屋仁左衛門に左馬介が冷たく言った。

「思ったよりも短いですね」

分銅屋仁左衛門が難しい顔をした。

「刀を抜いても遣えない。振り回しても人を斬れない。こんな用心棒なんぞ、案山子にもならぬ。無頼は生きるためにやっているのだ。雀《すずめ》よりは賢い」

左馬介が険しい顔をした。

人を斬る。これは大事であった。左馬介は盗賊や刺客などかなりの数を葬ってきた。それができるのは、後の保証があるからであった。

「強盗に襲われても黙って殺されて、すべてを奪われろと仰せですか」

もし左馬介が町奉行所に下手人《げしゅにん》として捕縛されたならば、分銅屋仁左衛門が黙っていない。直接町奉行所へ抗議に出向くのはもちろん、出入りしている御三家の尾張徳川家、老中などを通じて圧力をかける。

「遠島に処す」

「江戸市中所払《ところばら》いを命じる」

「百敲《たた》きを」

意地でも町奉行所が左馬介を罪に落としたとして、

「島での生活に不自由はさせません」

自前の船を仕立てるくらい分銅屋仁左衛門にとってどうということでもなかった。遠島させられた罪人に幕府の援助はないが、そのぶんを分銅屋仁左衛門が送る。米に衣類に金、それこそ島ごと買う勢いで左馬介を助ける。

江戸から放り出されても同じであった。所払いは江戸に定住することを許さないだけで、通過は認められている。旅を装ってしまえば、町奉行所の役人に見つかっても問題にはならない。つまり、旅籠《はたご》に滞在すればいい。その費用を分銅屋仁左衛門は惜しまない。

百敲きとは棒にぼろ布を巻いたようなもので、背中を打ち続けるという刑罰だが、叩く役目の町奉行所小者《こもの》の力加減で傷を深くすることも軽くすることもできる。まともに百喰《く》らえば、高熱を発して苦しみ、死ぬこともあるが、小者を買収してしまえば、叩くのは形だけになるし、数も大幅にごまかしてくれる。

「頼みましたよ」

「さて、ではやりかえしますか」

左馬介へ手を差し伸べるだけで終わるほど分銅屋仁左衛門は優しくはない。町奉行所への付け届けをなくすのを手始めに、判決を下した吟味方与力、捕縛に出向いた定町廻り同心を潰しにかかる。

「恣意《しい》あり」

分銅屋仁左衛門の力は、不偏不党の目付、徒目付《かち》さえも動かす。左馬介を貶《おとし》めた与力、同心が、今度は咎《とが》めを受ける。

それをわかっているから、町奉行所はなにも言ってこないのだ。

しかし、旗本の家臣の場合は違った。

武士には無礼討ちが認められているが、それはすべての責を負うという覚悟のうえになりたっている。

「事情をお聞かせ願おう」

家臣が強請集りを斬った場合、町奉行所は形だけとはいえ、事情を訊く。

「余が命じた」

このとき主君が前に出てきてくれればいいが、今から役目に就こうという旗本にとって、些細《ささい》な傷でも避けたい。

「知らぬ」

大概の場合、面倒を引き寄せた家臣は見捨てられた。

そして、家臣もそういった事例を見てきているだけに、次は己《おのれ》の番だとわかっている。この泰平の世に浪人させられれば、二度と仕官できない。

「…………」

武士だと威張っていられるのは仕官しているからであり、生きていくだけの禄もそれに付随している。そのすべてを失う覚悟を先祖の功績に頼りきって生きてきた家臣にできるはずもなかった。

「口だけ」

実力行使には決して出てこないとわかれば、無頼たちは家臣を舐《な》める。

そうなるのは近いと左馬介は予測し、分銅屋仁左衛門が納得した。

「となると急がねばなりませんね」

「なにかの」

左馬介が分銅屋仁左衛門の言葉に首をかしげた。

「信用できる用心棒を選んでいただきますよ」

分銅屋仁左衛門が三河屋らに頼まれたことを左馬介に伝えた。

二

南町奉行所筆頭与力という立場は、下手《へた》な大名よりも江戸の町では重い。

清水源次郎は南町奉行所を代表して分銅屋仁左衛門との面談に臨んだ。

「わざわざ筆頭与力さまがお出《い》でとは、なにごとでございましょう」

用件などわかっているが、分銅屋仁左衛門はとぼけた。

「忙しいときにすまぬな」

身分上、頭を下げるわけにはいかないが、口で詫《わ》びるくらいはしなければならない。

「いえいえ。お気になさらず」

分銅屋仁左衛門がにこやかに謝罪を受け入れた。

「互いに忙しい身じゃ。早速用件に入らせてもらいたい」

「どうぞ」

清水源次郎の申し出に分銅屋仁左衛門が同意した。

「先日も東野から話をしたことだが、なんとか引き受けてもらえぬか」

「お断りをいたしたはずでございますが」

分銅屋仁左衛門が取り付くしまもない返答をした。

「わかっている。そこをなんとかしてもらいたいのだ。もちろん、そちらの言いぶんはわかっている。なんの利もないというのであろう。そこでだ、こちらから提案をさせていただこうではないか」

「ご提案でございますか」

清水源次郎の話に分銅屋仁左衛門がわざとらしく首をかしげて見せた。

「どうであろうか。そちらの用心棒を借り受けている間、御用聞きを店にいさせよう。もちろん、心付けなどは一切要らぬ」

「何人出していただけますのでございましょう」

分銅屋仁左衛門が派遣の条件を問うた。

「一人でよかろう」

「お話になりませぬ」

なにを言うかといった雰囲気の清水源次郎に、分銅屋仁左衛門が首を横に振った。

「どういうことか」

清水源次郎が気色《けしき》ばんだ。

「御用聞きさんが、どれほどお遣いになりますか。諌山に匹敵するだけのお力を持っているとでも」

家中の者として分銅屋仁左衛門が左馬介を呼び捨てた。

「抑止になろう。十手持ちがいれば無頼どもは寄ってくるまい」

「では、その間ずっと店の前で十手を見せつけてくださると」

案山子は雀を寄せないためにあると分銅屋仁左衛門が揶揄《やゆ》した。

「要りようならば、そうさせる」

清水源次郎が応じた。

「要りませぬ。十手をひけらかされては、普通のお客さまが店へ入ってくださいませんﾞ」

分銅屋仁左衛門が大きく掌《てのひら》を振った。

「むっ」

「一目で御用聞きだとわかっては商売に差し支えます。かといってなかに控えられては無頼たちを防げませぬ。入ってきた無頼たちを圧するだけの人数をお願いいたします」

「何人だ」

「三人は」

「……わかった」

顔をゆがめながら清水源次郎が呑《の》みこんだ。

「あと、当家におられる間は、なにがあっても駆け出していかないことをお約束くださいますよう。たとえ目の前で人殺しがあろうが、町内でもめ事があろうが」

「無理を申すな。それでは御用が果たせぬ」

分銅屋仁左衛門の要求を清水源次郎が一蹴《いっしゅう》した。

「それでは用心棒になりませぬ。用心棒は雇われた店を第一にするのが当たり前でございます」

「………………」

正論に清水源次郎が黙った。

「……どうだろうか」

一拍おいて清水源次郎が分銅屋仁左衛門へ顔を向けた。

「なんでございましょう」

分銅屋仁左衛門が先を促した。

「用心棒に褒賞を出そう」

「褒賞を。どのような」

「本人のおらぬところで勝手に決めるわけにもいくまい。ここへ呼んでくれ」

清水源次郎が求めた。

「そうでございますな。喜代」

うなずいた分銅屋仁左衛門が手を叩いた。

「……お呼びでございましょうか」

廊下で控えていた喜代が顔を見せた。

「諫山さんを」

「はい」

喜代が清水源次郎に一礼して、立ちあがった。

「……御用だと伺った」

待つほどもなく左馬介が客間に現れた。

「諫山さん、こちらは南町奉行所筆頭与力の清水さまです」

「清水源次郎じゃ」

「諫山左馬介でございまする」

初対面の紹介と挨拶を三人が終えた。

「分銅屋どの」

左馬介が戸惑った表情を見せた。

「用件でございますかな。それは今、清水さまからお話しいただきます」

分銅屋仁左衛門が清水源次郎に任せた。

「うむ。じつはの……」

清水源次郎が左馬介に用心棒の選定を頼みたいと一件を蒸し返した。

「お断りを願ったはずでございまする」

左馬介も同じ返答を繰り返した。

「わかっておる。同じことを繰り返しても意味はない。そこで褒賞を用意した」

拒否する左馬介を清水源次郎が制した。

「褒賞……」

人はなにかもらえるとなると気がそちらに向く。左馬介が興味を見せた。

「どうだ。仕官先を紹介しよう」

清水源次郎が胸を張った。

「……仕官でございまするか」

「仕官だぞ。わかっておるのか」

気乗りしない左馬介に清水源次郎が驚いた。

「今から宮仕えはどうも」

左馬介が断った。

「えっ」

清水源次郎が絶句した。

浪人にとって仕官は夢であった。あくせく働かずとも禄がもらえる。明日の米を心配しなくていい。なによりも幕府のお目こぼしで両刀を差してはいるが、庶民でしかない浪人が武士になれる。その願いはまさに渇いた者が水を求めると同じのはずであった。

それを左馬介は不要だと言った。

「さすがでございますな、諫山さん」

固まっている清水源次郎を尻目《しりめ》に、分銅屋仁左衛門が喜んだ。

「おわかりいただけましたでしょうか」

分銅屋仁左衛門が清水源次郎に話は終わりだと告げた。

「ま、待ってくれ」

清水源次郎があわてた。

「このままでは困ったことになるぞ」

「誰が困るのでございますか」

分銅屋仁左衛門が清水源次郎の言葉に怪訝な顔をした。

「そなただ」

「わたくしが……」

指さされた分銅屋仁左衛門が一層の困惑を見せた。

「お奉行さまに召し出されることになる」

そう言った清水源次郎が今回己が来た経緯を語った。

「さようでございますか。いや、お気遣いいただかなくても大丈夫でございましたのに。お奉行さまがお呼びというならば、参りましたものを」

「……まことか」

清水源次郎が分銅屋仁左衛門の反応を疑った。

「当然のことかと。我々の安寧を守護してくださっているお方のお召しとあれば、参上いたすのが筋」

「ああ」

予想外のことに清水源次郎が啞然《あぜん》とした。

「では、これでよろしいでしょうか」

用はすんだだろうと分銅屋仁左衛門が清水源次郎に帰れと遠回しに言った。

「いや、困る。これでは、儂《わし》は子供の使いになる」

少しの進展もなく追い返されただけとなれば、筆頭与力としての貫目《かんめ》が軽くなってしまう。

「と仰せられましても」

「お奉行さまに命じられて承諾するのも、今うなずくのも同じであろう」

困った顔をした分銅屋仁左衛門に清水源次郎が迫った。

「失礼ながら、お考え違いをなさっておられるようでございますな」

「考え違いをしているだと」

分銅屋仁左衛門の態度に、清水源次郎の目が不安そうに揺れた。

「はい。お奉行さまのお言葉でも、わたくしはお引き受けいたしませんが」

「なっ……」

清水源次郎が息を呑んだ。

「利がございませぬ」

「…………」

ただ働きする気はないと断言した分銅屋仁左衛門に清水源次郎が呆然《ぼうぜん》とした。

「商人を動かしたいとお考えならば、見合うだけの利をお示しくださいませ」

「……だからその用心棒に仕官の世話をしようと」

「それはわたくしの利ではございません。それどころか損害でございまする。諫山さんほどのお方を二度と見つけることはできませぬゆえ」

口にした清水源次郎へ分銅屋仁左衛門が怒りを表した。

「で、ではどうすればよい」

せめて条件だけでも引き出さなければ、それこそ清水源次郎の居場所はなくなってしまう。

「さようでございますな」

分銅屋仁左衛門が思案に入った。

「でございますれば、金を貸したときの利息の制限をなしにしていただけるならば」

「馬鹿を申すな。そのようなことできるはずはなかろう」

清水源次郎が分銅屋仁左衛門の要求に首を横に振った。

幕府は金利に制限をかけていた。一定を超える利子は無効になるだけでなく、法度《はっと》違反として金を貸したほうが捕縛された。

「検校《けんぎょう》さまのことは」

「あれは盲人の保護のために許されておるだけじゃ」

分銅屋仁左衛門の確認に清水源次郎が無理だと答えた。

幕府は盲人の保護の一環として当道座《とうどうざ》を推奨していた。

もともと当道座とは芸事などを生業《なりわい》とする者が作った互助の集まりであった。これが室町《むろまち》幕府のころに琵琶《びわ》や鍼灸《しんきゅう》などで生活していた盲人たちの当道座を公認したことで、他のものを押さえて発達した。

それを徳川幕府も継承した。

もともと盲人には、朝廷から芸事にかんする位階が与えられていた。その最高位を検校、最下位が座頭《ざとう》といい、その間には七十三もの段階があった。言うまでもなく、上の位になるほど収入は増大する。徳川幕府は盲人たちの生活を安定させるため、その出世を推奨した。

だが、その出世には膨大な時間を芸事に精進するか、按摩《あんま》、鍼灸に精励するかしなければならず、生涯を懸けても検校に至らぬ者がほとんどであった。

しかし、時代が安寧になると抜け道もできてくる。金である。当道座へ多くの金を差し出せば、出世が早くなった。

「金を稼がせればよい」

そう考えた幕府は、手っ取り早い金儲《かねもう》けの手段として金貸しを盲人たちに勧めただけでなく、破格の利子を取ることも許した。

そのすさまじさは、烏《からす》が鳴けば利子が付くと言われるほどで、分銅屋仁左衛門たち金貸しを商いとする者がせいぜい年に二割であるのに対し、一日で一割というとてつもないものであった。

その特権を寄こせと分銅屋仁左衛門は言ったのである。

「無理だ」

もう一度清水源次郎が否定した。

「さようでございますか。ならば、ならぬ話でございますな。さて、わたくしはこれで。商いに戻らせていただきまする」

すっと分銅屋仁左衛門が腰をあげて、客間を出ていった。

「あっ……」

清水源次郎が止めようと手を伸ばしかけたが、すでに分銅屋仁左衛門の姿は消えていた。

「……どう復命すれば」

山田利延への返答をどうするかで、清水源次郎が頭を抱えた。

三

清水源次郎をあしらった分銅屋仁左衛門は、居間へ左馬介を招いた。

「喜代、少し熱めの米茶をね」

「はい」

分銅屋仁左衛門の求めに、喜代がうなずいて台所へと下がった。

「さて、諫山さん。今日は申しわけありませんが、長屋での休息をなしにしていただきます」

「それはかまわぬが……なにをすればよい」

左馬介がすることがあるのかと訊いた。

「先日お願いしていた用心棒の人材捜しをしてくださいな」

「承知」

雇用主の依頼を断れるわけもないし、断る気もない。一考もせず左馬介が引き受けた。

「とはいえ、そのへんの浪人に声をかけるわけにもいかぬぞ」

左馬介が困惑を告げた。

「口入《くちい》れ屋を使いましょう」

日雇い、定通い、住みこみを問わず、仕事を求める人と奉公人を欲しがる相手を繋《つな》ぐのが口入れ屋であった。

国元から出てきて、江戸に知己のいない者の身元引受人になることもある。まさに雇われたいと考えている者たちの親代わりであった。

「当家の出入りの口入れ屋、讃岐屋へは話を通してあります」

「讃岐屋……どこに」

左馬介は口入れ屋をほとんど使用したことがなかった。分銅屋に雇われる前、左馬介は直接大工や左官の棟梁《とうりよう》と遣《や》り取りをして仕事をもらっていた。

「三筋《みすじ》観音さまの側へ進んだ辻の左角から二軒目でございますよ」

「わかった。では、早速に」

すっと左馬介が立ちあがった。

「分銅屋どの、帰りに湯屋へ立ち寄っても」

「かまいません」

風呂《ふろ》に入りたいという左馬介の願いを分銅屋仁左衛門が、認めた。

分銅屋は浅草寺《せんそうじ》門前町にある。人の流れも賑《にぎ》やかなところである。

「掏摸《すり》だっ」

「前を見て歩きやがれ」

繁華な町ではもめ事は当たり前にある。

「どきやがれっ」

見つかった掏摸が、逃げ出そうとして左馬介のほうへと走り寄ってきた。

「捕まえてくれ」

「ほいっ」

頼まれた左馬介が足を出して、掏摸に引っかけた。

「おわっ……ぎゃ」

躓《つまず》いた掏摸がそのまま転がった。

「いかんな。信心に来た者の懐《ふところ》を狙っては」

蛙《かえる》のように地に張り付いた掏摸の背中に左馬介が右足を乗せた。

「痛《いて》え。な、なにしやがる。足をどけろ」

「懐のものを返せ」

ぐっと右足に体重を掛けた。

「おいらが掏摸だという証《あかし》でも……ぐえっ」

掏摸が呻《うめ》いた。

「誰か、布屋の親分のところへ走ってくれ」

「おうよ」

野次馬が一人走っていった。

「やめろ、やめてくれ。今度捕まったら土壇場《どたんば》ゆきだ」

掏摸があわてた。

幕府の定めた罰は単純明快である。十両盗めば首が飛ぶ。これは一度に十両こえただけでなく、捕まったときの被害金額が合算して十両に達しても適用された。そして武士でない者の死罪は、謀叛《むほん》と火付けを除いて打ち首と決まっている。その打ち首がおこなわれる場所を土壇場と呼んでいた。

「す、すいません」

財布を掏《す》られた商人らしい初老の男が左馬介に礼を言った。

「気にするな」

「いえ、御礼をいたさねばなりませぬ」

こういった場合は被害金額のなかから、幾ばくかの謝礼を払うのが決まりごととされていた。

「不要だ。金には困っておらぬ」

左馬介は首を横に振った。

「やっぱり分銅屋さんの用心棒の先生だ」

野次馬のなかから左馬介に気づいた者が声を出した。

「分銅屋さん……両替商の」

「そうさ。あの大きな蔵のある大店さ」

驚いた初老の商人に野次馬が、我がことのように自慢した。

「連れてきたぜ」

「どうしたい」

そこへ先ほど駆けていった野次馬と一緒に布屋の親分の配下彦九郎《ひこくろう》が現れた。

「彦九郎どの、掏摸だ」

「こいつは分銅屋さんの」

手をあげた左馬介に彦九郎が気づいた。

「それはどうも……こいつは蜘蛛《くも》の伝吉《でんきち》」

まだ下敷きになっている掏摸の顔を覗《のぞ》きこんだ彦九郎が口にした。

「…………」

「掏られたのは誰でえ」

「わたくしでございまする」

彦九郎の問いかけに初老の商人が前に出た。

「おめえさんは……」

「両国《りょうごく》のたもとで小間物を扱っておりまする西国屋《さいごくや》藤右衛門《とうえもん》と申しまする」

思い出すような顔をした彦九郎に、初老の商人が頭を下げた。

「西国屋さんでしたか。どうりで見覚えがあると思いやした」

彦九郎も一礼した。

「失礼でございますが、財布にはいかほど」

「観音さまへの月参りでございましたので、さほどでありません。小判が五枚と小粒金がいくつか」

「おう。さほどでなくてそれだけとは」

聞いていた左馬介が目を剝《む》いた。

「五両ちょっとでやすか。なら、こいつも年貢の納めどき。十両盗《と》れば首が飛ぶのがお定め」

彦九郎が懐から捕り縄を出した。

「先生、もうちょっと押さえこんでいておくんなさい」

腰を屈《かが》めた彦九郎が手早く縄の端を蜘蛛の伝吉の左手首に巻き付けた。

「くそっ、放しやがれ」

捕まれば死罪と決まっている。蜘蛛の伝吉が身体《からだ》をよじって暴れた。

「あきらめろ」

冷たく宣《せん》した左馬介が、蜘蛛の伝吉の背骨に圧をかけた。

「………」

背骨が折れそうになった蜘蛛の伝吉が失神した。

「あっ、こいつ漏らしやがった」

縄を掛けていた彦九郎が嫌そうな顔をした。

「もうよいか」

足を降ろした左馬介が彦九郎に問うた。

「どうぞ。ありがとうございやした」

彦九郎がねぎらった。

「ではの」

「お待ちを」

去ろうとした左馬介を西国屋藤右衛門が引き留めた。

「なにかの」

振り返った左馬介が用件を尋ねた。

「このままお別れしては、礼もできなかったとわたくしの恥になりまする。どうぞ、一献おつきあいをいただきたく」

「ありがたいお誘いだが、あいにくこれから出向かねばならぬ用がござる。拙者のことは通りすがりとお考えいただき、ご放念くだされ」

左馬介がていねいに断った。

「御用がおありとあれば、これ以上は申しませぬが、いつかご一緒願えればと思います」

「機会がござれば」

それ以上しつこくしなかった西国屋藤右衛門に好感を覚えながら、左馬介は背を向けた。


讃岐屋は表通りから辻を入ったところにあった。

「あれだな」

わざわざ暖簾《のれん》や看板を見なくても、仕事を求める人がたむろしているのが証拠であった。

「邪魔をする」

「仕事の斡旋《あっせん》なら、外で順番を待ってください」

左馬介を見た番頭らしき男が外を指さした。

「違うぞ。分銅屋から来た」

「分銅屋さま……では、あなたが」

「諫山だ」

「それはお見それをいたしました」

左馬介の名乗りを聞いた番頭が、あわてて帳場から出てきた。

「当家の帳場を預かる番頭の二助《にすけ》と申しまする」

「二助どのか。よしなに願おう」

番頭の自己紹介に左馬介が応じた。

「詳細はすでにお聞きで」

「いや、分銅屋どのからは、讃岐屋へ行けとしか言われておらぬ」

手順はわかっているかと訊いた二助に左馬介が首を左右に振った。

「さようでございますか。では、お話をさせていただきます」

分銅屋仁左衛門はよほどの上客なのか、あるいは金でも借りているのか、二助の対応はずいぶんとていねいなものであった。

「本日は四人の浪人さんと二人の若者を見ていただきまする」

「見るだけではわからぬが」

左馬介は一目で人物を見抜けないと言った。

「もちろんお話をしていただいてもよろしゅうございますし、場合によっては腕試しをなされても問題ございません」

「面談だけならまだしも、腕試しをするにはいささか狭いが」

店の土間を左馬介は見回した。

「大丈夫でございます。店の裏に空き土地がございまする」

左馬介の懸念《けねん》を番頭が払拭《ふっしょく》した。

「用意は万端か」

端《はな》から腕試しをさせるつもりだなと左馬介が苦笑した。

「早速、始めていただいても」

「ああ。早く終わらせたい」

急《せ》かす二助に左馬介も本音を露《あら》わにした。

「おい、用心棒志望の皆を呼んでおいで」

二助が店の小僧に指示を出した。

「へい」

小僧が店の外へ出ていき、しばらくして五人の男を連れて戻ってきた。

「……一人足りないね」

二助が眉をひそめた。

「え、遠藤さまの、お、お姿がございませんでした」

叱《しか》られると思った小僧がおどおどしながら告げた。

「そうかい。じゃあ、なしだね」

番頭が帳場に置いてあった帳面に筋を入れた。

「今後、遠藤さまは出入り禁止だ」

仕事を斡旋する以上、行かないとか遅れるとかは許される行為ではなかった。そのような輩《やから》を紹介して、なにかあったら口入れ屋は得意先を一軒失うだけでなく、町での評判も地に墜《お》ちる。

「諫山さま、そういうことでございますので、よろしくお願いをいたします」

二助が面談を始めてくれと促した。

「うむ」

うなずいて左馬介は一歩前へ出た。

「浅草門前町の両替商分銅屋で用心棒をいたしておる諫山左馬介でござる。本日は僭《せん》越《えつ》ながらご一同の面談をさせてもらう」

「あの分銅屋の」

「聞いたことがある。分銅屋さんには腕利きの用心棒がいると」

五人の面談志望者のなかから、声が漏れた。

「まずはお名前と武芸についての心得があるかないかを伺いたい」

私語を無視して、左馬介が面談を進めた。

「ならば、拙者から。生国《しょうごく》は相模《さがみ》、親の代からの浪人、木造作佐《きづくりさくざ》でござる。手ほどきを受けたていどでござるが、馬庭念流《まにわねん》を少し」

壮年の浪人が口火を切った。

「続けては拙者が。生国は常陸《ひたち》、五年前に主家をゆえあって退身いたした。鹿島神道《かしましんとう》流の目録をいただいておる。おお、名乗ってなかったの。若山左膳《わかやまさぜん》でござる」

「吾《われ》は小田伊蔵《おだいぞう》。江戸の産で、何代前に浪人したかもわからん。剣術は我流であるが、その辺の無頼くらいあしらってみせる」

浪人三人の自己紹介が終わった。

「じゃあ、あっしが。山谷《さんや》の伊右衛門店《いえもんだな》の住人で太郎次《たろうじ》と申しやす。一月ほど前まで、とある御用聞きのもとで下っ引きをいたしておりやした。武芸は習っちゃいやせんが、場慣れはしてやす」

「この裏の稲穂屋《いなほや》の長屋におりやす源三《げんぞう》で。大工の下働きをしてやしたが、階段から落ちて高いところが駄目になってしまいまして。力には自信がありやす」

最後の町人が語り終わった。

「かたじけない」

軽く左馬介が頭を下げた。

「あらためてお訊きするが、用心棒の仕事についてはおわかりであろうか」

「わかっておる」

「へい」

全員が首肯《しゅこう》した。

「用心棒は強請集《ゆすりたか》りを追い払うだけでは務まりませぬ。夜中に忍びこんでくる盗賊、大勢で徒党を組んで襲い来る強盗から店を守ることもせねばなりません。そのとき命惜しさに逃げるようでは困る。せめて、町奉行所の役人が来るか、異変に気づいた近隣がざわつくまで保《も》たさねばならぬ」

「よいか」

左馬介の話を遮って、若山左膳が質問をしたいと割って入った。

「なにか」

「用心棒とは命がけなものなのか」

促した左馬介に、若山左膳が問うた。

「当然でござろう。用心棒は店を守るのが仕事。なにもなければ、日がな一日寝転がっておられるが、なにかあれば相応の対応をせねばならぬ」

甘い仕事ではないと左馬介が告げた。

「命がけ……諫山どのは経験が」

木造作佐が続けて訊いてきた。

「ござるな。資産十万両をこえると言われている分銅屋でござる。強請集りは当たり前、夜中に忍びこんでくる者、徒党を組んで襲い来る者もおりますな」

「そのすべてを貴殿は排除してきた」

「なればこそ、ここにおります」

驚く木造作佐に、左馬介がなんでもないと答えた。

「失礼ながら、いくらの日当を」

若山左膳が日当を尋ねた。

「金額は勤め先で変わりますゆえ、露骨なまねはできませんが、大工下働きの日当の数倍以上はいただいておりますな」

ここで具体的な金額を口にすれば、勤めてから安いと不満を持ちかねない。なにせ、左馬介のもらう金は、一流の職人よりも高いのだ。

「大工の下働きの数倍以上……三百文だとすれば、一日で六百文をこえる……」

源三が息を呑んだ。

「休みはもらえるのか」

「そこは雇い主との交渉次第でしょうな。家族もおらぬ拙者は一日休みなんぞ不要ゆえ、欲しいとも思わぬが。ああ、夜番を明けてから昼前後に三刻（約六時間）ほどの休息はもらっておる」

「休みなしとなれば、店に住めるのか」

「そのへんも店が決まってから訊いてくれ」

個別の条件までは知らないと左馬介が首を横に振った。

「さて、ではご一同の腕を見せていただこう」

左馬介が裏の空き地へと誘った。

四

左馬介は後ろを見ずに足を進めた。

「ここらでよろしかろう」

空き地の中央で左馬介は足を止めて振り向いた。

「減ったな」

左馬介が苦笑した。付いてきていたのは浪人が二人と町人一人の合わせて三人であった。

「命までとは思わなかったそうだ」

小田伊蔵が嗤《わら》った。

「もと下っ引きとか言ってやしたが、怖《おそ》れをなしたんでやしょう」

大工崩れの源三もあきれた。

「貴殿らはよいのか」

「ここで仕事を得ぬと、冬が越せぬ」

「怪我をした大工に、仕事の好き嫌いを言えるはずはござんせん」

木造作佐、源三が真剣な表情で応えた。

「まあ、そこまで気張ることはござらぬ。そう再々、盗賊は来ぬでな」

左馬介が手を振った。

「とはいえ、無頼をあしらうにも力は要る。順番はお任せする。どなたからでもかかって来られよ」

話をするより、手順をこなそうと左馬介が鉄扇《てっせん》を手にした。

「それは鉄扇か。珍しいな」

小田伊蔵が目を少し大きくした。

「こちらから攻撃はいたさぬ」

鉄扇でも頭、首筋、鳩尾《みぞおち》などの急所に決まれば、命を奪える。左馬介が防御に徹すると宣した。

「得物《えもの》はそこに置いてある木刀を使ってくださいな」

同行した二助が空き地の隅に転がしてある木刀を指さした。

「ならば、拙者から願おうか」

木造作佐が常寸の木刀を手に取った。

「いつでも」

「いやああ」

声をかけるなり、木造作佐が木刀を振りあげながらかかってきた。

「ぬん」

もともと鉄扇術は、川中島《かわなかじま》で上杉謙信《うえすぎけんしん》の一撃を武田信玄《たけだしんげん》が咄嗟《とっさ》に軍扇《ぐんせん》で受けたという逸話から生まれたものである。つまり防御を旨とする武術であり、真正面からの攻撃を受け止めるなど容易であった。

「ほう、なかなかのお力じゃの。結構でござる。次の御仁と交代してくれ」

左馬介は木造作佐に合格を出した。

「もうよいのか」

物足りないようなことを言いながらも、木造作佐はうれしそうに退いた。

「では、拙者が」

小田伊蔵が木刀を握りしめた。

三人の試しはあっという間に終わった。

「いかがでございましたか」

店に戻ったところで、二助が首尾を問うた。

「お三方ともによろしいかと。ただ、性根まではわかりかねる」

腕は認めるが、性格までは知らないと左馬介が評した。

「そちらについては、こちらで調べておりますれば」

二助が述べた。

「では、よろしいかの」

左馬介が帰っていいかと尋ねた。

「ご足労をいただきました」

うなずきながら、二助が紙に包んだものを左馬介の袂《たもと》にすっと落とした。

「遠慮なく」

先ほどの西国屋とは事情が違う。これは受け取らないと讃岐屋から分銅屋仁左衛門への面目がたたない。いわば左馬介を貸してくれた分銅屋仁左衛門への礼であった。

一礼して左馬介は、讃岐屋を出た。

西国屋藤右衛門は店に帰るなり、番頭を呼んだ。

「おかえりなさいませ。ずいぶんとご機嫌のようですが、お参りでなにかよいことでもございましたか」

番頭が西国屋藤右衛門の顔色を見た。

「うむ。おもしろい人物を見つけた」

「それはそれは。旦那さまの目に留まるような御仁とは」

西国屋藤右衛門の言葉に番頭が笑みを浮かべた。

「じつはね……」

道中であったことを西国屋藤右衛門が語った。

「お礼を断る浪人でございますか。それは珍しい」

番頭も感心した。

「最近、店も物騒だろう」

「へい。今日もみょうなのがやってきました」

西国屋藤右衛門の問いかけに番頭が首肯した。

「こっちが一生懸命小間物を売って、ようやく得た儲けを奪っていくなんぞ論外だけど……」

「当家には用心棒も、腕の立つ奉公人もおりませぬ」

主《あるじ》と番頭が顔を見合わせた。

「しかも両国という、江戸でも指折りの人通りの多いところだ。目も付けられやすい」

「ですが、小間物屋という商いは女《おなご》さんを相手にするところ、店先に強面《こわもて》の用心棒などがいては入りにくい」

番頭が首を左右に振った。

「幸い、あの御仁は身ぎれいでな、男前だとは言わないが、嫌な感じではない。もう少し身形《みなり》を整えれば、お客さまに引かれるようなことはあるまい」

西国屋藤右衛門が左馬介なら大丈夫だろうと言った。

「それはよいお話で」

番頭も乗り気になってきた。

「問題は……」

「分銅屋さまでございますな」

二人が難しい顔をした。

「譲ってくれと言って、はいそうですかとはいくまいな」

「分銅屋さまの顔というのもございますし」

小間物屋として西国屋は歴史のある店であった。

それこそ五代将軍綱吉《つなよし》のころに店を開いた越後屋《えちごや》呉服店よりも古い。両国橋が架橋された万治《まんじ》二年(一六五九)に、開業した。

「老舗《しにせ》ということで言えば、当家が上になるのだけど……」

「持ち金が違いすぎまする」

「あちらは十万両を凌駕《りょうが》し、こちらは一万両には届かない」

西国屋藤右衛門が嘆息した。

小間物とは櫛《くし》や笄《こうがい》などの装飾品、紅や白粉《おしろい》などの化粧品、それを収める小箱などを商う。ものによっては数十両から百両するような商品もあるが、当然それだけの値段を付けるだけのものは名だたる職人が渾身《こんしん》の技をこめて作っている。そう、仕入れ値が高く、売れたところで儲けは思ったよりも少ない。

言うまでもなく小間物は、流行廃《はやりすた》りが激しい。去年どころか、昨日まで飛ぶように売れていた商品が、いきなり売れなくなる。売れるからといって、大量に仕入れていたりすると大損をすることになりかねない。

さらに小間物の善《よ》し悪《あ》しは、それを作る職人の腕に左右される。

「うちの仕事を受けてくれ」

腕のいい職人は、まさに引っ張りだこであった。

「すいやせん。受けているお仕事で一杯でして、無理で」

断られては商いに差し支える。

「こういったものを誂《あつら》えて欲しい。金に糸目は付けない」

名店ほど、こういったお得意先を抱えていた。

「それが……」

職人が手配できませんなどと言った日には、

「そうか。ならば他の店に頼むとしよう」

誂え一つで百両、二百両をぽんと出してくれる上客を失うことになる。

そうならないように、腕のいい職人をお抱えとして、他の店の仕事を受けさせないように取りこんでおかなければならなかった。無論、その職人には仕事がなくても生活できるだけのものを渡さなければならない。

一つあたりの単価は高くとも、利が薄いのが小間物屋であった。

「難しいけど、欲しいね」

「他の方では……」

分銅屋仁左衛門の影響力を考えた番頭が、左馬介でなくてもよいのではないかと提案した。

「他の……駄目だね。見劣りをするよ」

西国屋藤右衛門が頭を横に振った。

「……………」

番頭が黙った。

「取りあえずは、いろいろと調べてみよう」

「はい」

ときが経《た》てば主の頭も冷えるだろうと番頭が賛成した。

「橋掛《はしかけ》の親分を呼んできてくれないか」

西国屋藤右衛門が出入りの御用聞きの名前を出した。


南町奉行所筆頭与力清水源次郎は、南町奉行山田肥後守利延の前で小さくなっていた。

「説得できなかったというだけならまだしも、条件とも言えぬものを押しつけられて戻ってくるとは……それでもそなたは筆頭与力だと申すか」

「返す言葉もございませぬ」

清水源次郎は額を床に押しつけた。

「検校並の利を認めるなど、御上《おかみ》の法度に叛《そむ》くことだとわかっておらぬのか、分銅屋は」

「…………」

無理を言っているのはこちらであるとわかっている清水源次郎が黙った。

「分銅屋を捕まえよ」

「罪状はいかように」

山田利延の命に清水源次郎が問うた。

「法外な利子を取っておるではないか」

「いけませぬ。まだ要求をしただけで、実際はいたしておりませぬ」

清水源次郎が首を横に振った。

「口にしただけで罪じゃ」

「それでは江戸の者をかなり捕まえなければならぬことになりまするが」

「なにを申しておるか」

山田利延が首をかしげた。

「殺してやるとか、殴るぞと言っただけで、罪にすることになりまする」

「そのようなことには……」

「町奉行所の信が問われまするがよろしいので」

否定しかけた山田利延に清水源次郎が突きつけた。

「口にしただけで捕まる者、捕まらない者が出る。それこそ奉行所の恣意で罪人を作っているとの誹《そし》りを受けましょう」

「むっ」

すでに立場が危ない状況だと山田利延もわかっている。そこに悪評が立てば、まさに止《とど》めになった。

「ではどうする」

「おあきらめになられてはいかがかと」

分銅屋仁左衛門のことは忘れたほうがいいと、清水源次郎がなだめた。

「他にいい手があるのか」

「………………」

山田利延に責められた清水源次郎が沈黙した。

「呼び出せ」

「……よろしいのでございますか」

言われた清水源次郎が確認した。

「かまわぬ。どうせ、後がないのだ」

役人ほど地位への嗅覚は鋭い。

追い詰められた山田利延が、肚《はら》を括《くく》った。

讃岐屋での用を終えた左馬介は、いつもの湯屋へと寄った。

「諫山の旦那、珍しいですね」

顔なじみの番台の男が、いつもよりも遅めの左馬介に声をかけた。

「分銅屋どのの用でな。他行していた」

「それはご苦労さまで」

応えた左馬介を番台の男がねぎらってくれた。

「……旦那」

番台の男が声を潜めた。

「どうした」

左馬介も小声になった。

「今、浴室に質《たち》の良くないのがいやす。お気を付けて」

「どうした。湯屋代でも値切ったか」

忠告に左馬介が訊き返した。

「湯屋代は払いましたが、どうも他のお客に目を付けたんじゃないかと」

「わかった。なにかしでかしたら、対応しよう」

この湯屋は分銅屋仁左衛門が、経営している。広義でいけば、左馬介の用心棒の範《はん》疇《ちゅう》になる。

「お願いをいたしまする」

番台の男が頭を垂れた。

水の便が悪い江戸の町は、蒸し風呂が多い。この湯屋も蒸し風呂であり、湯気が逃げないように作られた石榴口《ざくろぐち》と呼ばれる天井から胸の高さくらいまで垂れるように伸びている壁を潜《くぐ》って入る。

「…………」

湯気で浴室の見通しは悪い。それでも人影がどの辺にあるかくらいはわかる。

「あれか」

広い浴室のなかで、不自然に固まっている人影に左馬介は目を付けた。

「…………」

近づけば、いくら湯気が濃くとも面体はわかる。

「出雲屋《いずもや》さんか、狙われているのは」

みょうな連中に周囲を固められている老爺《ろうや》は、近くの酒問屋の隠居であった。

意外なことに湯屋でのもめ事はままあった。そのなかでもっとも多いのが、掻《か》いた汗を流す湯が、かかったとけちを付けるものであった。

「年寄りだ。絡《から》まれては心臓に悪かろう」

ことが始まっては、年寄りがかわいそうだと左馬介が足を進めた。

「……………」

出雲屋に集中していた無頼たちは、左馬介の接近に気づかなかった。

「久しいの、隠居」

「なっ」

「わっ」

背後から呼びかけた左馬介に、無頼たちが驚きの声をあげた。

「おや、分銅屋さんの」

「諫山じゃ。いい加減覚えてくれてもよかろうに」

振り向いた出雲屋に左馬介が苦笑した。

「どれ、背中を掻いてしんぜよう」

左馬介が出雲屋を少し離れたところへ誘った。

「若い女の背中じゃなくてすいませんな」

「なあに、女には精を吸われるが、長寿のとしよりの背中を流すのは縁起が良いからな」

背中を向けて座った出雲屋が冗談を言い、左馬介が返した。

「お気遣いすいませんなあ」

「気づいていたのか」

出雲屋の言葉に、左馬介が驚いた。

「あれだけ露骨に近づけば、わかりますよ。これでも若いころは、ちょっと鳴らしましたからねえ」

笑いながら出雲屋が言った。

「……いなくなったな」

左馬介に邪魔された無頼たちの姿は、浴室から消えていた。

「あの手の連中は、増えたの」

「ええ。増えましたね。息子が嘆いてますよ。酒屋だと金はないが通っても、酒はないとごまかせませんし」

酒を強請《ねだ》る者もいると出雲屋が告げた。

「まずいな」

背中を流しながら、左馬介が呟《つぶや》いた。

第四章　側近の動き

一

田沼主殿頭《とのものかみ》意次も町奉行の醜態を知っていた。

「……そうか。分銅屋に諫山を貸せと申して断られてもまだ固執するか。愚かよな」

町奉行たちを田沼意次が嗤《わら》った。

「商人を動かしたければ、見合うだけの利を示さねばならぬというに」

「お金の苦労をなさっておられないからでしょう」

分銅屋仁左衛門もあきれた。

「まあ、千石をこえると、己《おのれ》で買いものをする機会はないからの。さすがに町奉行は米の値段を公布するゆえ、一石がいくらかくらいはわかっているだろうが」

田沼意次が嘆息《たんそく》した。

幕府は米の値段を統制していた。これは生活に必需な米の値上がりを防いで、民の食事を維持するためのように見せかけているが、実際は旗本や御家人《ごけにん》の知行米《ちぎょうまい》、扶持《ふち》米、禄《ろく》米などが値崩れして、収入が大きく減ることを避けるためであった。そのため、月番《つきばん》町奉行所の門前には、米と銭の販売相場が定期的に貼りだされていた。

といったところで、商人がそれに従うとは限らなかった。

奥州《おうしゅう》で冷害が起こり、凶作になったときなど、一石で六千文くらいの米が、一万文を容易にこえる。過去には一万二千文となったときもあった。

「六千文で売れ」

どれだけ幕府が命じようとも、

「売り切れております」

米を蔵にしまいこんで隠す。

「うまくやってくれよ」

なにせ取り調べる側の町奉行所役人が、金で商人に飼われているのだ。

商人には商人の法があった。

「町奉行が、巷《ちまた》のことを知らぬではの」

「でございますな」

田沼意次の言葉に分銅屋仁左衛門も同意した。

「応じるのか」

「町奉行さまのお召しでございますから」

分銅屋仁左衛門が、笑った。

「なにを考えている」

「いささかお話をさせていただこうかと存じまして」

疑いの目で見る田沼意次に、分銅屋仁左衛門がしれっと述べた。

「……限度をわきまえよ」

「承知いたしておりまする」

あまりいじめてやるなと釘《くぎ》を刺した田沼意次に分銅屋仁左衛門がうなずいた。

「大丈夫か、諫山」

あきれ果てたような顔で田沼意次が左馬介に問いかけた。

「問題ないと信じておりまする」

「信じるか……」

左馬介の反応に田沼意次が嘆息した。

「まあいい。うまく立ち回れないようでは、町奉行から上を任せることはできぬ」

田沼意次が山田利延を切り捨てた。

「ところで、城下の様子はどうじゃ」

「あまりよろしくはないようでございまする。わたくしの店にはさほど来なくはなりましたが」

訊《き》かれた分銅屋仁左衛門が告げた。

「もっとも下手人《げしゆにん》などの物騒な話は聞きませぬので、それほど悪いとは言えないかと」

下手人とは人殺しのことを言う。分銅屋仁左衛門は小物臭い犯罪ばかりだと付け加えた。

「それでもよろしくはないの。城下の騒擾《そうじよう》は公方《くぼう》さまのお名前にかかわる」

田沼意次が難しい顔をした。

「強請集《ゆすりたか》りくらいで火付盗賊改方《ひつけとうぞくあらためかた》を動かすわけにもいかぬ」

火付盗賊改方は先手組《さきてぐみ》が本役とは別に加役《かやく》として任じられるもので、町奉行所と違って犯人を無理に捕縛せずに斬り捨ててもよいとされている。

「火付盗賊改方のお方とはおつきあいがございませんので、なんとも申しあげられませぬが……」

分銅屋仁左衛門も困惑した。

火付盗賊改方はもともと冬になり、野宿ができなくなった無宿者が火付けや盗みに走りやすくなるということへの対処として設けられた役目であった。

任期は基本冬から春までであり、先手組のなかから一組ないし二組が選ばれた。ただ、よほど状況が悪いと考えられるとさらに増し、加役としてやはり一組から二組が付け加えられることもあった。

先手頭《さきてがしら》のもと組頭一名、寄騎《よりき》十騎、同心三十名ほどが、火付盗賊改方として働くが、もともと武張《ぶば》った番方である。無理な探索、問答無用のやりかたが悪評を呼び、江戸の民からは嫌われていた。

その嫌われ者の火付盗賊改方に強請集りまで取り締まらせれば、それこそ無茶苦茶になる。

「ちょっと来い」

無頼と客をまちがえて引っ張っていくだけなら、まだいい。後で判明すれば解放される。もっとも無関係だという証明がなされなかったり、遅かったりすると弓の折れなどで背中を叩《たた》かれるくらいはされるだろうが。

「やかましい」

より質《たち》の悪いのが、火付盗賊改方の捕縛を無頼が拒んだ場合である。

「抵抗するか。斬れ」

番方は気が短い。

町奉行所のように捕まえて取り調べをして、罪を確定してから咎《とが》めをおわすという気などまったくないのだ。あるのは、無宿者風情《ふぜい》が、旗本のなかの旗本、戦場で先陣を受け持つお頼みの旗本衆として尊敬される先手組に逆らったという怒りだけ。

「や、やめてくれ」

命乞いをしても無駄であった。

遠慮なく火付盗賊改方は無頼を斬り殺す。それが往来であろうが、強請集りのために入った店のなかであろうが、かかわりはない。

「血がっ」

呉服屋だったら、商品に血が飛ぶ。

「ひいい」

小間物屋であれば、客として来ていた女が、その悲惨な光景に悲鳴をあげる。いや、気を失う。

「運び出せ」

火付盗賊改方は後始末を考えない。斬り殺した無頼の死体くらいは持ち帰るが、流れ出た血はそのまま放置する。

ましてや商品の損害、衝撃を受けた客への補償などなにもなかった。

「余計に騒動になるな」

田沼意次が苦い顔をした。

「無宿からの下手人、盗賊には火付盗賊改方さまをお願いすべきでしょうが、強請集りていどならば、個別の店で対応していただくのがよろしいかと」

「個別と申すが、どこの店でも用心棒を雇い入れられるだけの余裕があるのか」

分銅屋仁左衛門の意見に田沼意次が首をかしげた。

「ございません」

はっきりと分銅屋仁左衛門が、否定した。

「用心棒というのは、命がけの仕事でございますし、夜も休めず、緊張しなければなりませぬ。当然、それに見合うだけの報酬を出さねばなりません」

「報酬とはどれくらいだ」

田沼意次が興味を持った。

「諫山さん、いくらぐらいですか。わたくしのところは参考になりませんでしょう」

分銅屋仁左衛門が、尋ねた。

「そうでござるな。おおむね、一日四百文から五百文といったあたりではないかと」

左馬介が答えた。

「一日四百文とすれば、月に一万二千文だな」

「二両になりまする」

田沼意次の計算を分銅屋仁左衛門が両替した。

「人足ならばいかほどになる」

お側御用取次が日働きの日当を知っているはずはなかった。

「安ければ二百、手慣れた者で三百五十というところでしょう」

今度も左馬介が告げた。

「二百だと六千文。ならば用心棒は人足の倍もらうことになるな。小さな店ではそれだけの金を払えぬか」

「なにも一軒だけで負担せずともよいのでは」

「どういうことじゃ」

分銅屋仁左衛門の話に田沼意次が怪訝《けげん》な顔をした。

「近隣の小店《しょうだな》数軒で組んで、用心棒を雇う」

「ほう」

田沼意次が目を大きくした。

「輪番で店を回って詰め、強請集りが来たとの報《しら》せがあるなり、駆けつける」

「なるほどの。おもしろい考えじゃが、いささか足りまい」

分銅屋仁左衛門の案を聞いた田沼意次が首を横に振った。

「それでは、夜番ができまい。輪番の店以外は、夜中無防備になる」

田沼意次が分銅屋仁左衛門の考えの欠点を指摘した。

「一軒で用心棒を雇えないような小店を狙う盗賊はおりません」

分銅屋仁左衛門が、手を振った。

「そういうものなのか」

「はい。前もってどれくらいの金があるか、男の奉公人は夜どうしているのか、御用聞きの夜回りはいつごろかを調べないような盗人《ぬすっと》は、すぐに捕まります」

微妙な表情の田沼意次に、分銅屋仁左衛門が嘲笑《ちょうしょう》を浮かべた。

「たしかに」

田沼意次が納得した。

「そうなると……問題は人材だな」

「それについては、諫山さん」

考えこんだ田沼意次に、分銅屋仁左衛門が左馬介へ顔を向けることで応じた。

「あの話をさせていただけばよいのかの」

左馬介が確認した。

「お願いします」

「諫山がか。珍しいの」

首肯《しゅこう》した分銅屋仁左衛門、それを見た田沼意次が楽しそうな顔をした。

「ご無礼の段は平にご容赦を」

日頃分銅屋仁左衛門が主役で、左馬介はその供として付いてきているだけである。

左馬介が緊張した。

「固くならずともよい。話だけで咎めるほど狭量ではないわ」

田沼意次が掌《てのひら》をなだめるように上下させた。

「では、先だって……」

お墨付きをもらった左馬介が、用心棒候補の面談をした話を語った。

「……ふうむ」

話を聞き終えた田沼意次が悩んだ。

「五人が結局三人しか残らなかったとはな」

田沼意次が首を左右に振った。

「いたしかたございません。誰もが命は惜しいものでございますので」

分銅屋仁左衛門が、告げた。

「それはわかるが……そのようすでは、十分な数をそろえることは難しいな」

「とてもとても」

苦悩する田沼意次に分銅屋仁左衛門が無理だと述べた。

「給金を上げても……」

「それでは商人が払えませぬ」

待遇をよくすればと言いかけた田沼意次を分銅屋仁左衛門が遮った。

「むう」

分銅屋仁左衛門の無礼を咎めることなく、田沼意次が唸《うな》った。

「やはりもとを絶つようにせねばならぬな」

田沼意次が目を閉じた。

二

南町奉行山田肥後守利延は、分銅屋仁左衛門を召し出すことにした。

「そなたの縄張りであろう」

分銅屋仁左衛門を呼びにいくという貧乏くじを引かされたのは、定町廻《じょうまちまわ》り同心の東野市ノ進であった。

「どう言えば」

命を受けて山田利延の前から下がった東野市ノ進が、筆頭与力の清水源次郎に泣き言を告げた。

「そのまま言うしかなかろう」

清水源次郎は冷たくあしらった。

「怒らせたら、また合力金《ごうりききん》をなくされてしまうかも知れませぬ」

かつて町奉行所は分銅屋仁左衛門の機嫌を損ねて、一度合力金を止められている。

しかも己だけでなく、分銅屋仁左衛門は江戸中の豪商を巻きこんだ。

「勘弁してくれ」

金がないのは首がないのに等しい。与力でようやく百八十俵内外、同心にいたっては三十俵二人扶持という薄禄《はくろく》の町奉行所役人にとって、余得がなければ贅沢《ぜいたく》はおろか生活もできなくなる。

町奉行所は金に屈して、分銅屋仁左衛門を怒らせた同心を隠居させ、放逐《ほうちく》した。

今回も同じように分銅屋仁左衛門を怒らせたら、東野市ノ進が放逐されかねない。

「ご同道を願えませぬか」

「冗談ではない。筆頭与力は多忙である」

清水源次郎が仕事を口実に逃げた。

「……はあ」

ため息を吐《つ》きながら、東野市ノ進は南町奉行所を出た。

「布屋は分銅屋と親しい。間に入ってもらうか」

東野市ノ進は浅草寺周辺を縄張りとしている御用聞き布屋の親分を連れていくことにした。

「勘弁してくだせえ」

事情を知らずに同行させては、いざというときの役にはたたない。

使者の内容を伝えた東野市ノ進に、布屋の親分が露骨に嫌そうな顔をした。

「そう言うな。おめえの十手は、おいらが渡しているんだぞ」

旦那の言うことを聞けと東野市ノ進が布屋の親分を押さえつけた。

「……へえ」

旦那と金をくれる谷町《たにまち》、布屋の親分が苦心した。

「先触れを頼まあ」

「へえ」

やる気のない返事を繰り返した布屋の親分が、足を速めた。

天下に強請集《ゆすりたか》りが増えようとも、分銅屋仁左衛門にはさしたる影響はなかった。

「うちは諫山さんがいてくださるからねえ」

分銅屋仁左衛門が、給仕に付いている喜代を相手に茶を啜《すす》りながら言った。

「諫山さまのおかげで、安心です」

喜代もうなずいた。

「まったくいい人を得たものだ」

「これも旦那さまのご人徳のたまものでございましょう」

喜ぶ分銅屋仁左衛門を喜代が賛した。

「人徳なんぞというわけのわからないものではないよ。これこそ縁だろうね」

「縁……」

分銅屋仁左衛門の言葉を喜代が繰り返した。

「人と人を繋《つな》ぐのが縁。良縁もあれば悪縁もある。過去の因縁というのもあるけど、諫山さんとのは、まさに良縁」

そこで分銅屋仁左衛門が、喜代を見つめた。

「大事におし、良縁は生きているうちに片手の指の数ほどしか巡り会えないものだからね。悪縁はいくらでも近づいてくるけど」

分銅屋仁左衛門が、優しい顔をした。

「がんばりなさい」

「……はい」

背中を押された喜代がゆっくりと首を縦に振った。

「旦那さま」

「番頭さん、なにかな」

襖《ふすま》の外から遠慮がちにかけられた声に分銅屋仁左衛門が応じた。

「布屋の親分さんがお見えでございます」

「……布屋の……そうかい。今行く」

用件がわからなかった分銅屋仁左衛門は首をかしげたが、すぐに腰をあげた。

よほどのことがないかぎり、出入りの御用聞きをわざわざ客間へ通すことはなかった。これは奉公人を主《あるじ》が接待しないのと同じであるが、実際は縄張りの隅々まで目を光らせなければならない忙しい御用聞きを無駄に拘束しないためであった。

「なにかありましたか、親分さん」

店へ出た分銅屋仁左衛門が、居心地の悪そうな布屋の親分に疑いの眼差《まなざ》しを向けた。

「……すいやせん」

開口一番、布屋の親分は謝罪した。

「意味がわかりませんよ。しっかり言ってもらわないと」

「すいやせん」

分銅屋仁左衛門に指摘された布屋の親分がもう一度頭を下げた。

「町奉行所さまから、なにか」

ここで分銅屋仁左衛門は布屋の親分が恐縮している理由を見抜いた。

「へえ。まもなく東野の旦那がお出《い》でになりやす」

「そうなんだね」

布屋の親分のあまりの縮こまりに、分銅屋仁左衛門は苦笑した。

「番頭さん」

「なんでございましょう」

分銅屋仁左衛門に呼ばれた番頭が用件を問うた。

「お客さまの予定はなかったね」

「本日は昼過ぎに秋元但馬守《あきもとたじまのかみ》さまのご用人さまがお出でになるだけでございます」

予定を確認した分銅屋仁左衛門に番頭が告げた。

「なら、ここでいいね」

前回の清水源次郎は客間で対応したが、今回は土間での立ち話ですませると分銅屋仁左衛門が、述べた。

「…………」

これで分銅屋仁左衛門が怒っているとわかった布屋の親分が固くなった。

「悪いな」

見計らっていたかのように東野市ノ進が店へ入ってきた。

「おはようございます。東野さま」

まず分銅屋仁左衛門はていねいに腰を曲げて挨拶《あいさつ》をした。

「あ、ああ」

東野市ノ進も分銅屋仁左衛門の見たこともないよそ行きの対応に戸惑った。

「ご用件を承《うけたまわ》りまする」

「わ、わかった」

客間への誘い、茶の接待、世間話などもなく、いきなり用件を求めた分銅屋仁左衛門に、東野市ノ進がおたついた。

「南町奉行山田肥後守さまからのお召しだ」

上司の町奉行に敬称を付ける。これは町奉行所の習慣であった。こうすることで町奉行は、町奉行所役人の身内ではないと表現しているのであった。

「いつでございましょう」

「本日の七つ（午後四時ごろ）に南町奉行所まで来てくれ」

分銅屋仁左衛門の質問に東野市ノ進が答えた。

「それはできません」

あっさりと分銅屋仁左衛門が、拒否した。

「なっ……」

思わず東野市ノ進が絶句した。

「本日の七つにはすでにお約束がございますので」

「約束……日を替えてもらえないか」

理由を語った分銅屋仁左衛門に東野市ノ進が願った。

「お奉行さまのお名前を出してもよろしゅうございますか」

山田利延の要求で変更せざるを得なくなったと報告するがいいかと、分銅屋仁左衛門が訊いた。

「待ってくれ。客とはどなただ」

嫌な予感がしたのか、東野市ノ進が来客の素性を確かめた。

「若年寄秋元但馬守さまのご用人さまでございます」

「……若年寄さまの。それはまずい」

東野市ノ進の顔色が変わった。

若年寄は老中への階の一段目であった。数万石ていどの譜代大名はまずお伽衆《とぎしゅう》という将軍の暇つぶしにつきあうという名前だけの役目に就く。実際、将軍の周囲を小姓《こしょう》や小納戸《こなんど》で固めるようになってから、お伽衆が召されることはまずない。それでも役目はなくならず、形だけとはいえ続いている。そのお伽衆というないような役目の間も、世間は見ていた。

お伽衆のなかからとはかぎらず、家督をつぐなり就任する者もいる奏者番は、出世の登竜門である。

奏者番は将軍に目見えする大名、旗本の経歴や献上品、下賜品の説明などを披露する役目だが、書いたものを見ることなく確実に奏上できなければならない。そう、頭がいいか、努力を怠らない者でなければ務まらなかった。

ここで大名は出世するかしないかが振り分けられた。出世する側に入れば、この後寺社奉行兼任、若年寄、大坂城代、京都所司代《しょしだい》などを経て老中へと昇っていく。

つまり若年寄になったということは、将来の執政候補であるという証《あかし》であった。それだけではなかった。若年寄は老中と違って天下の政《まつりごと》にかかわることもなく、評定所《ひょうじょうしょ》へ出向くこともないが、その役目は徳川家の内政を差配する。そう、徳川家の家臣である旗本も若年寄の管轄になる。

「ほう、余を押しのけるか。山田肥後守は偉いのだな」

若年寄に睨《にら》まれると、山田肥後守というより山田家に悪影響が出た。

「奉職中に心にそまぬことあり」

「奏者番《そうじゃばん》をいたせ」

役目を離れてから大名や旗本が咎められるときの理由で、はっきりしないものがある。そのほとんどは将軍が気に入らなかったものだが、そもそも勘定奉行のように頻繁に目通りを要求しなければならない役目と違って、町奉行や目付、遠国《おんごく》奉行などは顔を知っているかどうかさえ怪しいのだ。よく知らない者に、気に入らないという理由はあてはまりにくい。つまりは、気に染まぬとの理由の裏には旗本を監督する若年寄の恣意《しい》が含まれているのである。

「わかった。今日でなくてもいい。昼から空いている日はいつだ」

町奉行は朝のうち、江戸城の詰めの間でひかえていなければならない。大名や旗本でない者と会えるのは、昼以降になる。

東野市ノ進があわてて対応を変えた。

「番頭さん、いつなら空いているかい」

もう一度分銅屋仁左衛門が、番頭に尋ねた。

「明日が、尾張さまの勘定方さまのところへお出でで、明後日が高家《こうけ》の大沢さまがお見えになりますし……五日後ならば」

「五日……」

町奉行の呼び出しを五日もずらす。そのことに東野市ノ進が絶句した。

「それでよろしゅうございますか」

「……それで頼む」

駄目なら断ると言外に含めた分銅屋仁左衛門に、東野市ノ進が折れた。

「では、七つ前にお奉行所へ参じます」

「頼むぞ」

約束した分銅屋仁左衛門へ、東野市ノ進がもう一度念を押した。

宿直《とのい》を終えて、いつものように長屋へ戻った左馬介は、きれいにたたまれている夜具に驚いた。

「誰が……」

さすがに男やもめに蛆《うじ》が湧くほどではないが、夜具などはいつも敷きっぱなしである。干すことさえしていない。

「まったく、男の人は」

ときどき喜代が訪れて掃除や洗濯をしてくれるが、昨日は来ていない。

「干してある」

夜具に入れば、すぐにわかった。

「桟はしていないが……」

　そのへんの裏長屋と違い、分銅屋の持ち長屋だけに豪勢である。普通の長屋が二間（約三・六メートル）の間口に台所土間、六畳ほどの部屋が二つなのに比して、この長屋は三間（五・四メートル）間口、台所土間に十畳間と板の間の三畳と二畳、さらに物干しを兼ねた裏庭まで付いている。とはいえ、外からかけられるような鍵はない。夜でも内側からつっかえ棒をするていどで、左馬介の留守の間は好きに出入りできた。

「となると……」

　左馬介は天井を見上げた。

「ようやく気づいたか」

　梁《はり》の上に隣に住んでいる村垣伊勢《むらがきいせ》が立っていた。

「ありがたいが、留守中に入りこむのはやめたほうがよいぞ。盗人とまちがわれては困るだろう」

　左馬介が嘆息を噛《か》み殺して忠告した。

　長屋が昼間無防備なのは、他人目《ひとめ》があるからであった。長屋の出入り口に近いところでは、一日中表を開け放って職人が仕事をしている。さらに長屋の女房たちは、日がな一日井戸端で集まって話をしている。

「誰に用なの」

見知らぬ者が入りこんだら、目ざとく誰何《すいか》する。

長屋は木戸で囲まれた小さな村なのだ。他所者《よそもの》への警戒は厳しい。

いくら同じ長屋でも、左馬介が留守中に村垣伊勢が出入りすれば、疑いの目を向けられてもしかたがない。

「大丈夫だとも。しっかりと長屋の女どもには話を通してあるからな」

「話……」

梁から飛び降りてきた村垣伊勢の話に、左馬介が怪訝な顔をした。

「吾《われ》がそなたといずれは一緒になると」

「………」

一瞬、左馬介は村垣伊勢がなにを言ったのかわからなかった。

「どうした。息しているか」

村垣伊勢が目の前で首をかしげて見せた。

「息はしている。止まりそうになったが」

左馬介がなんとか応えた。

「もう一度言ってくれぬか」

「まだ若いと思ったが、耳は遠いのか」

頼んだ左馬介に村垣伊勢がため息を吐《つ》いた。

「拙者と一緒になると言ったか」

「聞こえているではないか」

やれやれとばかりに村垣伊勢が重ねて嘆息した。

「待て、待て。どうしてそうなった」

左馬介が混乱した。

「今さらなにを言っている。この吾にあんなことやこんなことをさせたではないか」

途端に村垣伊勢が左馬介を押し倒し、上に跨《また》がった。

「わああ」

「男女が逆だろう。悲鳴をあげるのは女の役目だと思うぞ」

村垣伊勢が苦笑した。

「のいてくれ」

「重いなどと言ってみろ。今日を命日にしてくれる」

下手《へた》に触ることができず頼むしかない左馬介に、村垣伊勢が氷のような声で告げた。

「重くはない。重くはないとも」

左馬介は必死で否定した。

「ふん」

鼻を鳴らした村垣伊勢がようやく左馬介のうえから降りてくれた。

「ふうう」

起きあがった左馬介が、大きく息を吐いた。

「どうであった」

「なにがだ」

にやりと笑う村垣伊勢に左馬介が問い返した。

「吾の尻《しり》の感触よ。よかったであろう」

「……そ、そのようなものわからぬわ」

左馬介の顔が赤くなった。

「わからぬか。なら、もっとわかりやすい乳でも……」

「参った」

胸元をくつろがせようとする村垣伊勢に左馬介が降参した。

「で、なにか用なのか」

大きく息を吸って吐いてを繰り返した左馬介が、なんとか落ち着きを取り戻した。

「面談をしたのだろう」

「田沼さまか。早いな」

村垣伊勢の言葉に左馬介が感心した。

「どうだった」

「その話もしたぞ」

左馬介が返した。

「お話ししていないことがあるだろう」

一から語れと村垣伊勢が要求した。

「肝心要《かなめ》のところは話した。残るは些細《ささい》なことだけだぞ」

「その些細なところを知りたいのだ」

知るほどのことではないと言った左馬介に、村垣伊勢の目つきが鋭くなった。

「細かいというか、影響があるのかというか……」

「それを判断するために知りたいのよ」

面倒くさいと嫌がる左馬介に村垣伊勢が反論した。

村垣伊勢は八代将軍吉宗が紀州《きしゅう》から連れてきた腹心の隠密《おんみつ》を祖とするお庭番《にわばん》村垣家の娘であった。柳橋《やなぎばし》芸者の加壽美《かすみ》となって、江戸市中の情勢を探っていたが、その容姿から世話をしたいと言い出す旦那衆や、己の女にしたいと手出ししてくる無頼の親分などによって隠密仕事がしにくくなり、落籍《らくせき》された振りをして芸者から引退していた。左馬介と隣同士であったのは偶然だが、分銅屋が盗賊やそれを装った藩士たちの襲撃を受けたときに協力したことをきっかけに親しく話すようになっていた。

「まず最初に候補として集められたのは、五人ではなく六人であった。そのうち一人は決められた刻限に顔を出さず……」

左馬介は最初から思い出せるすべてを語った。

「……なるほど」

聞き終えた村垣伊勢がうなずいた。

「六人だったというが、どれくらいの期間で集めたのだ」

「知らぬ。そういった話はでなかった」

「ちっ、足らぬわ」

質問に満足な答えを得られなかった村垣伊勢が舌打ちをした。

「無理を言うな。拙者に求められたのは、その場に来た候補たちを面談して、腕前を確認することだぞ」

「面談するには、それだけの背景を知っておかねばなるまいが」

「そのへんは口入《くちい》れ屋の仕事であろう」

言われた左馬介が言い返した。

「他人任せか……まあ、いたしかたない。明日生きていけるかどうかの浪人暮らしをしていては、その未来《さき》も過去も気にしておられぬわな」

「…………」

当たっているとはいえ、ずいぶんな言いようをする村垣伊勢に、左馬介はなんとも言えない顔をするしかなかった。

三

こちらから日時を指定したようなものである。さすがにすっぽかすわけにはいかないと、分銅屋仁左衛門は呉服橋門内にある南町奉行所を訪れた。

「内玄関へ回れとのことじゃ」

出迎えた東野市ノ進が山田利延の指示を伝えた。

町奉行所に隣接というか、内包されるような形で町奉行役屋敷はあった。ここで町奉行は日々起居する、いわば私邸のような場所である。

山田利延は分銅屋仁左衛門を公的な理由ではなく、私的に呼び出したと表すに等しい。

内玄関で分銅屋仁左衛門を待っていたのは、内《うち》与力であった。

「ここで待て」

「……はい」

分銅屋仁左衛門は不満を見せながらも従った。

内与力というのは、町奉行となった者の家臣であった。町奉行と町奉行所役人との間を取り持つのが役目とされ、家中でも心利いたる優秀な者が選ばれた。町奉行所から八十石ていどの禄が出され、その職にある間は直臣《じきしん》格となる。

「よいな。今からお奉行さまが御出座《おでまし》になる。ここで平伏してお迎えし、お許しあるまで顔をあげるな。あと、お奉行さまのご命には、決して否《いな》を唱えず、謹んでお受けせよ」

分銅屋仁左衛門を町奉行公邸の庭に案内した内与力が告げた。

庭に座らせる。下人《げにん》としての扱いであった。

「すべて従えと」

「当然であろう。そなたたち町人が毎日安楽に過ごせるのは、お奉行さまのおかげである。それに感謝せよ」

あきれた分銅屋仁左衛門に内与力が繰り返した。

「お断りですな。話になりません」

分銅屋仁左衛門が、拒否した。

「なっ」

まさかの返答に内与力が驚愕《きょうがく》した。

「いくらお奉行さまの御命でも、財産のすべてを差し出せと言われて、従う商人などおりませんよ。お話を伺って、それがわたくしにとって損でない。そこから考えてご返事をさせていただくのが道筋でしょう」

「きさまっ、無礼にもほどがあるぞ。明日にも店を開けぬようにしてくれてもよいのだぞ」

内与力が分銅屋仁左衛門を脅しにかかった。

「当家は尾張さま出入りでございまする。どのようにご説明なさいますので」

「尾張さま……」

逆に脅し返された内与力が息を呑《の》んだ。

「あなたさまのお名前も尾張さまにお伝えしましょう」

「ま、待ってくれ」

政《まつりごと》には直接関係しないが、御三家の力は幕政にも及ぶ。尾張徳川家から話があれば、老中たちも無下には扱えないのだ。町奉行のすげ替えくらいは簡単だし、それこそ内与力ていどならば、放逐させることも容易であった。

「分銅屋は気分が悪くなって帰ったと、お奉行さまにお伝えを」

長居は無用と分銅屋仁左衛門は、背を向けた。

「分銅屋ではないか。ずいぶん早いな」

町奉行所の門番が驚いた。

「腹が立ったので帰りますよ。お止めになりますか」

「とんでもない。気を付けて帰るようにの。儂《わし》はなにも見ておらぬ」

分銅屋仁左衛門の怖《おそ》ろしさを知っている門番が目を閉じた。

「……まったく、言うことを聞かないことへの腹いせだろうけど、話にならないね。命じる奉行も奉行だが、それを諫《いさ》めず諾々として従うだけの家臣。長くはなさそうだ」

町奉行所の門を出た分銅屋仁左衛門が、嘆息した。

「まともに話をしてくれるなら、今の江戸で起こっていることもお話ししようかと思いましたが……」

「分銅屋どの」

町奉行所から少し離れたところで控えていた左馬介に気づいた分銅屋仁左衛門が、独り言を口のなかへ押しこんだ。

「お待たせをいたしました。帰る前に、ちょっと餅《もち》でも食べましょう」

一転して笑顔になった分銅屋仁左衛門が、左馬介を誘った。


浪人の価値があがった。

「当家にも是非」

無頼の強請《ゆすりたか》集りの被害より、用心棒に払う金のほうが少ないと気づいた商人たちが、人材を求めたからであった。

それに浪人ならば、両刀を差していても咎《とが》めを受けなかった。それに対して、町人が長脇差《ながわきざし》を手にしていると町方に怒られる。あくまでも長脇差は道中差しであって、旅の最中だけしか認められていない。だからといって匕首《あいくち》や棒きれだけでは、武力が心許《こころもと》なさすぎる。

「助けてくれ」

強請集りが得物《えもの》を手にしているだけで、怯《おび》えられても困る。

「くたばりてえか」

「ひっ」

数の多い無頼に凄《すご》まれて、逃げ出すようでは話にならない。

もちろん、浪人にも肚《はら》の据わっていない者は多い。いや、ほとんどが臆病者であった。なにせ戦《いくさ》もなく、刀を抜いたこともないのだ。

それでも浪人が人気なのは、両刀を差していることによる威嚇《いかく》と抑止であった。

当たり前ながら、匕首と太刀《たち》では刃渡りが違う。匕首は太刀の刃をくぐり抜けないと相手に届かない。強請集りが用心棒の浪人を倒すには、命を懸ける覚悟が要《い》った。

「冗談じゃねえ」

よほど有利な状況でなければ、無頼というのは弱い。

無頼は生き延びて、他人より楽をして、他人よりおもしろく過ごしたいと考えている。そんな連中が、形だけでも刀を持つ浪人に挑むわけはなかった。

「人柄が……」

たしかに浪人の求人は増えたが、誰でもよいというわけではなかった。

「今夜な」

店の女中に手を出されたり、

「夜中に勝手口を開けておく」

盗賊を引き入れられたりしてはたまらない。

「まちがいない人物を頼む」

一度や二度の面談では裏までは見抜けるはずもなく、店の主たちは浪人の保証を口入れ屋に依存することになる。

「とても無理だ」

出入り先のすべてから同じ要求をされては、どれほど顔の広い口入れ屋でも対応はできない。

「女中を一人頼む」

「力自慢の男手が欲しい」

そういった普段の仕事ができなくなるほど、口入れ屋は浪人探しに忙殺された。

「お任せを」

そんななか讃岐屋だけは、順調に用心棒を送り出していた。

「あれは駄目だな」

「腕はたいしたことはないが、肚は据わっている」

讃岐屋は依頼を受けた左馬介の評価をもとにしていた。

「今後は讃岐屋に奉公人を任せよう」

讃岐屋の評判は高くなり、近隣の口入れ屋を脅かすようになった。

「……どういうからくりが」

近隣の口入れ屋が讃岐屋に探りを入れるのは当然であり、

「分銅屋さんの用心棒がかかわっているらしい」

左馬介にたどり着くのも時間の問題であった。

「なんとか、うちにもお願いできませんか」

そうなると分銅屋仁左衛門のもとに、左馬介の派遣を願う口入れ屋が出てくる。

「お断りをいたします」

これ以上、左馬介の手を取られれば、分銅屋の安全が保てない。他所《よそ》の用心棒のために危ない思いをするなど、本末転倒もいいところである。

「そうおっしゃらずに」

一度断られたくらいであきらめるようでは、とても生き馬の目を抜く江戸で商いなどやっていけるはずもない。

毎日のように口入れ屋たちが、分銅屋仁左衛門に面会を求めて来訪するようになった。

「いい加減に腹が立ってきましたねえ」

分銅屋仁左衛門が、怒りを露《あら》わにした。

「同感でござる」

左馬介もため息を吐《つ》いた。

なにせ店から出ると、分銅屋仁左衛門に断られた口入れ屋が左馬介に近寄ってくるのだ。

「二分出しましょう」

「分銅屋さんよりいい条件のところを紹介します」

口入れ屋たちは、いろいろな褒美をちらつかせて、左馬介を勧誘しようとしてきた。

「金は足りておる」

「分銅屋どのには恩がござる」

将来鉄扇術の道場を開かせてくれるという夢を分銅屋仁左衛門から保証されている左馬介が、そのようなものに釣られることはなかった。

「他に用心棒をしている者は……」

分銅屋仁左衛門と左馬介に拒まれた連中は、他の用心棒へと手を伸ばした。

「日に二分もくれるのか」

いつもの用心棒でもらう金よりも多いと、金に目のくらむ者が出るのは自明の理である。

「あそこの用心棒がいなくなったらしい」

引き抜かれた店は無防備になる。

それを無頼は見逃さなかった。

「ええい、なんということだ」

用心棒の争奪戦が、より江戸の治安を悪くし、町奉行を苛立《いらだ》たせた。

「入れ替えるべきだと公方さまに上申させる気か」

老中が最後通告を下したからであった。

「もう辛抱ならぬ。無宿者狩りをおこなう」

ついに南北の町奉行は月番、非番の枠を越えて、無宿者を捕まえ始めた。

「神妙にいたせ」

「そこのおまえ、宿はどこだ」

たちまち江戸中で捕りものが始まった。

「これ以上は受け入れられませぬ」

それに悲鳴をあげたのは牢屋《ろうや》奉行の石出帯刀であった。

もともと幕府の刑罰に入牢というものはなかった。小伝馬町にある牢屋は、死罪、遠島、所払い、敲《たた》き、放免などの罪を決めるまでの間、疑いのある者を閉じこめておくだけのものである。なかには死罪や遠島など、実行までに日時がかかる刑罰を科せられた者がそのときを待っていることもあるが、特例に近い。

では、なぜここまで牢屋が一杯なのかといえば、町奉行所の吟味方与力が熱心に取り調べをしないというのと、自白すれば罪を科されるとわかっている犯罪者が黙秘を続けているからであった。

浜の真砂《まさご》は尽きるとも世に盗人《ぬすびと》の種は尽きまじと芝居の台詞《せりふ》にあるように、江戸ほどの大きな城下になると、どこかで必ずといっていいほど犯罪が起きている。

残念ながら、そのすべてを追及できてはいないが、それでも一日に何人かは捕まえられて、牢屋敷へ送られる。

だが、吟味は一日やそこらで終わらない。

「強情な奴め。このうえは重き拷問にかけても白状させてくれる」

数日から十日かけても自白を得られないとなれば、吟味方与力の辛抱も切れる。自白を強要するための拷問をおこなうことになるが、軽く敲くくらいならば問題ないが重いものとなると町奉行と牢屋奉行の許可が要った。

とくに逆さに吊《つる》して水の張ったたるへ沈めては、引きあげを繰り返す水責め、三角状の小山が連なった形の板の上に正座させ、一枚で十二貫（約四十五キログラム）という重さの石板を膝に乗せるという石抱き、手足を背中側でくくり合わせて天井からぶら下げて棒で敲く海老責《えびぜ》めなど、命にかかわる拷問をするには老中への届け出と牢屋医師の立ち会いが必須になり、その許可を取るだけでもかなりの手間がかかった。入ってくる者と出て行く者の数が引き合わない。結果、牢屋は立錐《りっすい》の余地もないほどに混雑する。

そこへ無宿者狩りである。

牢屋敷が耐えきれるはずもなかった。

「なんとかいたせ」

どこでも同じだが、追い詰められている上司は、下僚の悲鳴などは聞こえない。

「どこへ入れろと……」

石出帯刀が愕然《がくぜん》としたが、不浄職として扱われる牢屋奉行が、旗本の花形町奉行へ抵抗できるはずもなかった。

「土間に仮牢を作るしかございませぬ」

実務を取り扱う牢屋同心の提案は受け入れられた。

「適当でよいぞ。とにかく急げ」

石出帯刀が焦るのは、牢に入っている囚人の暴挙を怖れているからであった。

「狭いな」

人というのは、一人では生きられないが、あまりに多すぎると心に負担がかかる。狭いところにぎゅうぎゅうに詰めこまれては座ることさえ難しくなり、横になるなど不可能である。

「あいつをやるぞ」

「ああ」

古くから牢にいる者、身体丈夫な者、人を殺しているが拷問に耐えて自白していない者、入牢のときにうまく金を持ちこんだ者などから、外れた者が狙われる。

年寄り、身体の弱い者、出来心で軽い罪を犯した者、金を持ちこめなかった者、いびきのうるさい者などを集団で襲い、頭に衣類などをかぶせて押さえつけ、声を出せないようにして睾丸《こうがん》を踏み潰《つぶ》す。牢屋に入って気落ちしていたり、体力が落ちていたりすれば、これで死んでしまう。しかも絞殺や刺殺と違って、見える範囲に痕跡は残らない。

「頓死《とんし》じゃの」

死体を検案した牢医師も事情は呑みこんでいる。殺されたとわかっていても見て見ぬ振りをし、囚人たちから袂《たもと》に落とされた金を知らぬ顔で受け取って病死として片付けてしまう。

一見、なにごともなくすむように見えるが、そうはいかなかった。

「巡回いたす」

牢屋敷にはときどき小人《こびと》目付による巡察があった。

なにせ入牢している者は、まだ罪人にはなっていない。だからといって幕府が、罪人と疑われている者を守ろうなどと考えているわけではなかった。

牢屋敷で無許可な拷問や、不条理なまねがおこなわれていれば、それは牢屋奉行の、ひいては町奉行の失点に繋がる。

ようは、目付が町奉行の足を引っ張るためにやっているものであった。

「罷免する」

町奉行が更迭されると、その後釜《あとがま》には京都町奉行か大坂町奉行から選ばれる場合がほとんどである。そうなると遠国奉行の席が一つ空く。そして遠国奉行は、目付の栄転先なのだ。

「なんじゃ、この死人の数は」

当たり前だが、小人目付は目付の走狗《そうく》である。金で懐柔できるわけはなかった。

「これで……」

袖の下を受け取っていたと目付にばれれば、

「死罪相当である」

小者《こもの》身分から選ばれる小人目付は、任にある間だけ士分として扱われる。目付を怒らせて罷免されれば、武士として名誉の死である切腹は許されなく、斬首《ざんしゅ》になる。己の命がなくなり、家が潰され家族が路頭に迷うとわかっていて、一分や一両ていどの金に揺らぐわけはない。

小人目付の監察は牢屋奉行にとってもっとも警戒しなければならなかった。

そうならないよう、囚人たちをこれ以上刺激しないようにするには、急いで仮牢を設けるしか手はない。

石出帯刀は普請《ふしん》を急がせた。

だが、そのていどでなんとかなるようならば、最初から問題は起こっていない。無宿者の数は、そのような仮牢に収まるほど少なくはなかった。

「どうすれば」

万策窮した石出帯刀が、筆頭与力に泣きついた。

「義兄どのの頼みとあれば動かねばなりませぬな」

清水源次郎がうなずいた。

六百石とそこそこの知行を持つ石出家だが、その職務が罪人の管理なために不浄として旗本たちからは忌避《きひ》されていた。そのため、縁組できるのが町奉行所の役人くらいしかなく、かといって同心では格が合わなすぎる。そこで与力と縁を紡ぐことになった。

「さっさと片付けましょう」

義兄に頼られた清水源次郎は、その権力をためらわずに使った。

「お奉行さまへの報告は、吾《われ》がする。とにかく無宿者を江戸所払いにして追い払え」

吟味方与力たちに仮牢から片付けていけと指図した。

そもそも無宿者に江戸の者は少ない。職を求めて、夢を見て天下の城下町へ出てきた者ばかりである。江戸所払いにされるのは正当な処置であった。

「二度と入ってくるな」

人殺しや窃盗、強請などの罪がないと判断された者は、まとめて品川や千住、新宿、板橋から追い立てられた。

されど、無駄であった。江戸を出たところで国元にはもう帰られないし、どこかで食べていく方法もない。

「……いなくなったな」

江戸所払いを告げ、町奉行所の役人が離れていくのを待って、舞い戻ってくるのは自明の理であった。

捕まえては放逐し、舞い戻ってきてはまた捕まる。

まさにいたちごっこであった。

それでも町奉行にとって、無宿者を取り締まっているという功績になった。

「いかがでございましょう」

南北の両町奉行は、老中に無宿者を何人捕まえて、江戸から追いやったかという報告を自慢げにあげた。

「これからも役目に励め」

市中の実際を知らない大名でもある老中は、書類上の数字だけでものごとを判断する。

「では、次の懸念《けねん》だが……」

天下の政をおこなう老中は忙しい。いつまでも無宿者ごときにかかわっていられないと次へと移ってしまう。

結局、江戸の町人たちの迷惑はなくならなかった。

「変わらぬか」

「それどころか、酷《ひど》くなったように思いまする」

田沼意次の質問に分銅屋仁左衛門が首を左右に振った。

「やはり表面だけか」

苦い顔を田沼意次が見せた。

「どうすればよい」

田沼意次が訊いた。

「御用聞きを増やしていただくのがもっともよいかと」

「その費用は」

人を増やすには金がかかる。田沼意次が財源はどうすると問うた。

「町内の者に負担させてはいかがでしょう。用心棒を雇うよりも安くすめば、文句も出ませぬ。いくつかの店で用心棒を抱えるのと同じ考えで、目新しいものではございませんが」

「その手があるか」

分銅屋仁左衛門の案に田沼意次がうなずいた。

「もちろん、問題はございまする。その御用聞きは誰の手下になるかでございます。金も出していないのに十手を預けるからと町奉行所のお役人が言われては、納得いかぬ商人も出ましょう。かと申して、町内の商人では十手を与えられませぬ」

「たしかにな」

田沼意次が同意した。

「分銅屋、それ以上に難点があるぞ」

「お教えをいただきますよう」

言われた分銅屋仁左衛門が尋ねた。

「御用聞きは、先代公方さまが百害あって一利なしとして禁じられておる」

「ああ、そうでございました」

分銅屋仁左衛門が思い出したと手を打った。

八代将軍吉宗は、十手をひけらかして町内で横暴を繰り返した御用聞きを、改革の邪魔だと禁止していた。

「手が足りぬ」

禁じられる原因となるような御用聞きばかりではない。なかにはまじめに働く者もいたが、そのような区別を幕府は認めなかった。

南北合わせてわずか与力五十騎、同心二百四十人で江戸の治安、行政をこなさなければならない町奉行所は、手足である御用聞きを失って困惑した。

とくに江戸市中の治安を維持する廻り方同心は、定町廻り十二人、臨時廻り四人しかいないのだ。それぞれが御用聞きを雇い、その御用聞きが下っ引きを抱えることでなんとかやっていたのが、一気に手不足になった。

また、縄張りのことなら、どこの女中が誰といい仲だとか、稲荷社《いなりしや》の裏で猫が何匹の子を産んだまで把握している御用聞きがいなくなっては、闇夜に提灯《ちようちん》を失うようなものでもある。

「表だってはまずいが、小者をあらたに雇い入れた形にすれば……」

しばらくして、与力、同心は名前を変えた御用聞きをふたたび抱えた。

「………」

もちろん、そのことに気づかない吉宗ではなかった。

しかし、御用聞きを廃止したことで生じた弊害の解消と、悪徳な連中から十手を取りあげることができたことを理由に吉宗も黙認した。

その御用聞き追放は、吉宗が死んだ今でも廃止されてはいなかった。

「先代さまの……それは困りました」

分銅屋仁左衛門もため息を吐いた。

「となりまするど……残るは無宿人どもに仕事を与えるしかございませぬ」

「無宿人どもに仕事か……難しいの」

田沼意次が眉間にしわを寄せた。

「その日、十分に過ごせるだけの金が入れば、馬鹿をする者は減りまする」

「衣食足りて礼節を覚える……たしかにそうだな」

分銅屋仁左衛門の考えを田沼意次も認めた。

「しかし、どうする。手に職のある者はよいが、田畑を継げなかった百姓の次男以降は受け入れられるか」

「江戸周囲の百姓地も」

「無理だな」

天下の城下町江戸でも、その周囲にはかなりの農地があった。

「他所者《よそもの》、それも人別《にんべつ》さえ定かでない者を受け入れはすまい」

田沼意次が表情をゆがめた。

大工、左官の手伝い仕事は、一日一日で区切られる。

「筋がいい。明日も頼むぜ」

「二度と来るんじゃねえ」

使えれば受け入れるし、駄目ならば切り捨てる。大工や左官の損は、一日の給金ですむ。

しかし、百姓仕事はそうはいかなかった。田畑を耕し稔《みの》りを得るには一年近いときが要る。それだけに一年の人手などは、しっかりと考えられている。

たしかに実家で田畑仕事を重ねてきて役に立つならば、まだいい。なんとか受け入れて算段もするだろうが、それでも手伝いが増えたからといって、米のできがよくなるわけではない。豊作も凶作も天の采配であって、一人二人の話ではないのだ。

「新田開発ができれば、無宿人どもを送りこむのだが……」

田沼意次が瞑目《めいもく》した。

「江戸の近くにそのような土地はない。なにより新田の開拓はお側御用取次の範疇《はんちゅう》ではなく、老中の管轄だ」

「………」

手が届かないと田沼意次が無念そうに口にした。

「新田開発が駄目となりますと……」

「市中での普請《ふしん》を増やすのが手っ取り早いだろう」

問うような分銅屋仁左衛門に田沼意次が告げた。

江戸は人が集まる。人が多くなれば、住むところが要る。食事をするところも、ものを売り買いする店も足りなくなる。

今でも江戸では槌音《つちおと》が絶えないくらい普請はある。

だが、それでも間に合わないほど人が流入してきていた。

「普請が増えれば、人手はいくらでも……」

分銅屋仁左衛門が一度言葉を切った。

「ですが、普請をするには、土地が要りまする」

建物を建てるだけの土地がなければ普請はできないと、分銅屋仁左衛門が述べた。

「海を埋め立ててはいるが、金がかかる」

大きく田沼意次がため息を漏らした。

「新田開発、海の埋め立て。どちらも老中でなければ扱えぬ。今の余では届かないのだ」

悔しそうに田沼意次が吐いた。

「……………」

「力が欲しいわ」

田沼意次が心底から欲するように言った。

「追い落としにかかるしかなさそうだ」

「お手伝いいたしまする」

決意を新たにした田沼意次に、分銅屋仁左衛門が一礼した。

四

翌朝、田沼意次は家重と大岡出雲守忠光を介して話をした。

「江戸の市中は荒れ続けておりまする」

「老中どのが、町奉行所の活躍で落ち着いてきていると報告しておりましたが、それは偽りだと」

田沼意次の言いたいことを質問の形で大岡出雲守が解説した。

「まことに残念ながら、落ち着くどころか、より混迷を深めておりまする」

田沼意次が嘆いた。

「な、じゃ」

「どういうことかとお尋ねでございまする」

言語不明瞭な家重の発言を大岡出雲守が通訳した。

「少々長くなりまするが、説明をさせていただいてもよろしゅうございましょうか」

求められた田沼意次が家重へ願った。

「う、うむ」

家重が首を縦に振り、許可を出した。

「ことの起こりは、畏《おそ》れ多くも先代公方さまの倹約をいたせというお教えを曲解した者が出たからでございました」

八代将軍で家重の実父になる吉宗の施策を批判するような言葉遣いはできなかった。

田沼意次は吉宗の指示は正しかったが、それをまちがって受け止めたことが原因だとごまかした。

「……江戸へ流民どもが流れこんで参りました。ただ、これは今までもあったことでございまする。公方さまのお膝元《ひざもと》である江戸は、ご威光をもちましてますます発展を重ねておりまする。海を埋め立て、土地を拡《ひろ》げ、そこに屋敷や寺社が建つ。言うまでもなく、これらには人手が多数要りまする。流民はこういった埋め立てや普請場で働く貴重な戦力として受け入れられておりました。しかし、今回はそれでは吸収できぬだけの数が一気に押し寄せて……」

田沼意次が続けた。

「仕事よりも人が多い。そのあぶれた者たちが、生きていくために無法なまねをいたし始めました。それを取り締まらせようと執政衆が町奉行へ命じられたのでございますが、その手法があまりにも粗雑」

険しく田沼意次が顔をしかめた。

「なにをいたしたのでござる」

大岡出雲守が家重の意を汲《く》んで問うた。

「無宿者狩りでございまする。罪を犯していようが、まともに働いていようがの区別を付けず、無宿者というだけで捕縛、投獄いたしたのでございまする」

「無宿者は法度《はっと》に反しておるのでは」

今度も大岡出雲守が質問した。

「確かにそうではございまするが、なにもいたしておらぬ者を捕縛するというのも、民たちに次は我らかという怖れを抱かせかねませぬ。民から見て、捕まっているのが無宿者かどうかの区別などはつきませぬゆえ。なにより……」

田沼意次が一度言葉を切った。

「牢屋敷が保《も》ちませぬ。すでに目一杯の者が詰めこまれているところに、その倍する数の無宿者を放りこむなど無理でございまする」

「たしかに」

「う、うぬ」

大岡出雲守と家重が首肯した。

「そこで町奉行所は……」

田沼意次が町奉行所の採った江戸四方所払いという刑罰と追い出された者が舞い戻っているとの話をした。

「ううぬう」

家重が唸った。

「ど、うあいい」

「方策があるかとお訊きでござる」

大岡出雲守が代弁した。

「町奉行の権では無理でございましょう」

かばうことなく田沼意次は町奉行を切り捨てた。

「では、誰ならできるか。公方さまには当然容易なことでございまする」

「な、なら」

家重が身を乗り出した。

「されど公方さまがお出ましになるのは、最後かと存じまする」

「…………」

制するよう告げた田沼意次に、家重が首をかしげた。

「公方さまがすべてを差配なさればただちに政が動きまするが、あまりに多岐にわたりすぎてご負担が大きいかと」

将軍親政を田沼意次は最良とは思っていなかったが、露骨に否定することはできなかった。なにせ吉宗がそれをやったからであった。だが、その結果、吉宗が死ぬなり、その反発が露骨に出てきている。なにより、大岡出雲守を介さないとなにを言いたいのかさえわからない家重では、細かいところまで伝わるとは思えないし、どうしても家重の発言に大岡出雲守の恣意が入っているのではないかという疑念が払拭《ふっしょく》できない。さらに大岡出雲守が死んだ場合、誰も家重の意思を伝えられなくなる。そうなったとき、執政衆が自力ですんなりと政をこなせなくなっては困る。

「公方さまはおおまかな決断だけをなさり、些細《ささい》なことは執政衆にお預けになればよろしいかと」

「おおまかなとは」

具体的に言えと大岡出雲守が田沼意次を促した。

「江戸へ流れこんでくる民を取り締まるのではなく、それに職を与えるように執政衆へお指図なさるのがよろしいかと」

「職を与える……」

「………」

大岡出雲守と家重が顔を見合わせた。

「家を建てる、仕事の道具を新調する、新しい商品を仕入れる。贅沢だと言われればそうではございます。ですがこれこそ仕事を増やすに繋がりまする。ですが、それには金がかかりまする。民だけではございませぬ。武家もそのための浪費をお許しなさいませ」

「ま、ましあ……」

「倹約令を廃せと言うか、主殿頭」

家重の戸惑いを見た大岡出雲守が怒った。

「廃せよとは申しませぬ。すべてを許せば、いずれ財政は破綻しましょう。しなくてもいいことまでお認めにならず、民のささやかな幸せはご容赦なさいませ」

「……ささやかな幸せ」

繰り返した大岡出雲守が家重を見た。

「……うん」

家重がうなずいた。

「あと一つ」

田沼意次があらためて背筋を伸ばした。

「百姓仕事しかできぬ者も多いようでございまする。なにとぞ、新田開発についても執政衆へご下問くださいますよう」

深々と田沼意次が頭を下げた。

第五章　上意と下達

一

天下は幕府が動かす。幕府は老中が動かす。そして老中を動かすのは、それぞれの江戸詰用人であった。

老中になると参勤交代は免除される。当たり前である。執政が一年も領地へ帰っていては、政《まつりごと》が停滞する。なにせ老中は正式な定員を決められてはいないが、おおむね五人内外、酷《ひど》いときは三人で天下を差配する。一人欠けるだけでも大事《おおごと》になった。

国元へ戻らない。

さらに天下の政を差配しなければならない。

そうなると補佐してくれる者が、それもとびきり優秀な人物がかなりの数で要《い》る。

もちろん、幕府からも老中のもとへ、老練な役方の役人を差し向ける。幕府の取り扱う文書の専門家奥右筆《おくゆうひつ》、財政の熟達者勘定頭《かんじょうがしら》などである。

だが、それらの手助けは、幕政の表に限った。いくら相手が老中だといえ、永遠に命があるわけでも、子々孫々まで踏襲していくわけでもない。

今までのすべてを知ると言っても過言ではない奥右筆が、徳川幕府にとって都合の悪い話を老中へ報《しら》せることはないし、勘定頭が財政の裏帳簿の内容を老中へ語ることは絶対になかった。

訊《き》けば答えるが、すべてではない。

幕府から付けられた役人は、老中に仕えているのではなく、徳川家の家臣なのだ。

そうなるとどうしても不足するところが出てくる。それを補うために動くのが、江戸詰用人であった。

貧しい旗本のなかには、優秀な家臣がおらず、やむなく節季奉公の用人を雇っているところもあるが、さすがに大名ともなると人材に不足はない。

江戸詰用人は、代々江戸屋敷で働く定府《じょうふ》の家臣のなかから、家柄、識見、経験を見て選ばれる、まさに腹心中の腹心。江戸市中のことから、他家の内情までその目は届いていた。

「右門《うもん》、昨今の世情はいかがか」

屋敷での執務を終え、奥右筆、勘定頭らを帰した老中西尾隠岐守忠尚が用人へ問うた。

「変わっておりませぬ」

「……なんじゃと」

右門と呼ばれた用人の答えに、西尾隠岐守が眉をひそめた。

「町奉行は、流入してくる無宿者どもを捕らえ、江戸四方所払《ところばら》いに処していると申しておったが」

西尾隠岐守が右門を見た。

「どうやら一度追い払われた者が舞い戻ってきておるようでございまする」

右門が告げた。

「所払いを破ったのか。それをなぜ捕まえぬ」

幕府の裁決に反抗している。捕まえれば所払いではなく、遠島にできた。

「無宿者でございまする。戻ってきたところで決まった居場所もなく、空き寺や空き家を転々としておりまするし、なにより多すぎて人相を一々覚えておられないと」

右門が首を左右に振った。

「御用聞きからの話か」

西尾隠岐守がうなずいた。

商人だけでなく、大名、高禄《こうろく》の旗本も御用聞きを出入りさせていた。これは家中《かちゅう》の者が城下でもめ事を起こしたときに目立たないよう始末を付けてもらうためと、市井《しせい》の状況を聞き取るためであった。

「さようでございまする」

「思慮の足りぬ」

まちがいないと保証した右門に、西尾隠岐守が嘆息《たんそく》した。

「いささかまずい」

西尾隠岐守が眉間にしわを寄せた。

「いかがなさいました」

「田沼が、主殿頭《とのものかみ》が公方《くぼう》さまへ注進しおった。江戸の町は一向に落ち着いておらぬと」

問うた右門に西尾隠岐守が告げた。

「なにが問題なのでございましょう」

わからないと右門が首をかしげた。

「その前日に公方さまへ、江戸は落ち着き始めているとご報告したばかりなのじゃ」

「……………」

主《あるじ》の言葉に右門が黙った。

「このままでは、余が公方さまに偽りを申しあげたということになりかねぬ」

「……………」

無言のまま右門が西尾隠岐守を見つめた。

「どうにかならぬか」

「むつかしゅうございまする」

手段はないかと訊いた西尾隠岐守に右門が首を横に振った。

「ええい、主殿頭め。おとなしく取次だけをしておればよいものを。要らぬ口を利きおってからに」

西尾隠岐守が憤懣《ふんまん》を露《あら》わにした。

「主殿頭さまは、どこから……」

「御用聞きであろう」

右門の疑問に西尾隠岐守が答えた。

「主殿頭さまは、まだお旗本のまま。それも最近御加増をたまわって五千石になられたばかり。とても御用聞きに伝手《つて》があったとは思えませぬ」

大名や高禄の旗本は、御用聞きの出入りを許すときに、徹底して人物を調べる。出入りを認めてから、碌《ろく》でもないとわかっても遅いのだ。

「脅しをかけて、商人から金をまきあげていたらしい」

「見目のいい女と見たら、十手を突きつけて無理矢理家へ連れこんでおもちゃにしていた」

悪事が露呈して捕まったとき、

「某《なにがし》さまに出入りを許されている」

大名家の名前を出して罪を逃れようとしたら、ことは面倒になる。

「貴家にかかわりある者が……」

町奉行から教えられれば、恥になる。

「なにとぞ、ご内聞に」

公表されては、家の名前に傷が付く。

「承知いたしした。今後はよくお調べあれ」

「恩に着る」

町奉行に要らぬ借りを作ることになってしまう。

お側御用取次を振り出しに、側用人、大坂城代、京都所司代、そして執政へと出世しようと考えている者にとって、恩を着せられるのはまずかった。

「たしかにそうじゃな。主殿頭は急な出世で人もおらぬという」

西尾隠岐守が納得した。

大名や旗本は知行《ちぎょう》が増えれば、そのぶんの軍役にあわせて人を抱えなければならない。

田沼意次の場合は、これが難しかった。

石高があるていどあり、家臣の数がもとから多ければ多少増えたところで、家中のなかで家督を継げずにいる次男や三男を別家させられる。他にも妻の実家、母の生家などを頼ることもできた。

しかし、田沼家はもと六百石という小身旗本だったのだ。家臣数も知れているし、妻の実家もよく似たもの、母の生家にいたっては紀州藩士である。とても人の融通を頼める状況ではなかった。

「となると、どこから……」

西尾隠岐守が思案した。

「田沼家には多くの人が集まっております。当家に劣らず、大名、旗本、商人にいたるまで主殿頭さまに誼《よしみ》を通じようと」

「我が屋敷にもその手の類いは来るが、そなたは市中の話などをしておるのか」

話す右門に、西尾隠岐守が確認した。

老中は多忙を極める。己《おのれ》の利のために会いたいとやってくる連中の相手などはしていられない。西尾隠岐守家では、そういった来客の対応も右門の仕事であった。

「いえ」

右門が違うと告げた。

「では、なにを話しておる」

「ご来客方のお話を伺っておるだけでございまする」

睨《にら》まれた右門が応じた。

いかに西尾隠岐守が右腕、腹心であっても、陳情に返答を与えることはできなかった。

「なにとぞ」

「当家の苦衷《くちゆう》をお察しいただきたく」

泣くようにすがられても、

「承知仕《つかまつ》った」

「殿へお願いしてみましょう」

と応じてはいけない。

面談を望む者は、老中という権威に価値を見いだしているだけであり、右門を相手に願いを口にするのは、西尾隠岐守の力を背後に見ているからであった。

それに面談希望者たちは、西尾隠岐守に会いたいといってきている。当然、忙しい老中に易々《やすやす》と会えるなどとは思ってもいない。

「わたくしが、主に代わりまして」

代理という言質《げんち》さえ取れればよい。

うかつに右門が諾と言ってしまえば、それは西尾隠岐守が引き受けたと同じことになってしまう。

「お帰りを」

「そのようなことは認められませぬ」

だからといって、きっぱり断るのもよくなかった。

「冷たいお方だ」

「武士の情けがわからぬとは」

西尾隠岐守の評判が悪くなるだけではなかった。

「あのような御仁が天下の執政とは……」

「お話になりませぬ。器量が小さい」

拒絶された者たちは、西尾隠岐守を逆恨みして、政敵に近づく。

老中は幕政の頂点に君臨するからこそ、敵も多い。

「………」

下手《へた》に言葉尻《じり》を取られても困るので、右門はいつもにこやかに微笑《ほほえ》みながら、声に出さずに首を小さく上下に振ることを相槌《あいづち》にして、やり過ごしていた。

そうするには、世間話も避けなければならなかった。

「主殿頭は、金で便宜をはかると聞いた」

「そのようでございまする」

西尾隠岐守の発言に右門が首肯《しゅこう》した。

「話もするだろう」

「はい」

「だが、それはよろしくない」

じっと西尾隠岐守が右門を見た。

「……調べまする」

主の考えを読めないようでは、腹心とはいえなかった。

右門が頭を垂れた。

二

田沼意次が分銅屋仁左衛門の話にあきれはてた。

「そこまで来たか」

「まったく、酷いものでございまする」

嘆息する田沼意次に分銅屋仁左衛門が首肯した。

「どれくらい把握しておる」

「すべてとは申しませぬが、大体は」

訊かれた分銅屋仁左衛門が答えた。盗賊に狙われやすいだけに分銅屋仁左衛門は江戸の治安に目を光らせていた。

「被害はどのていどか」

「今のところ、騒動が起こったのは浅草を含めて六カ所。無宿者が二十四人、博徒が四人死んだそうでございまする」

「罪なき民は無事か」

「何人か巻きこまれたようですが、怪我《けが》ですんでいるようでございます」

田沼意次の懸念《けねん》に分銅屋仁左衛門が告げた。

「どうやら無宿者のたむろしているところを囲ってから博徒どもが襲っていることと、民を巻きこめば町奉行所も知らぬ顔をできないとわかっているからでしょう」

町奉行所、いや、幕府にとって害悪でしかない博徒と無宿者が、どれだけ死のうが気にも留めていない。それどころか、面倒が減ったと歓迎しているようにも見えていた。

「死人が出ていないのは幸いだが、民に怪我人は出たか」

苦そうに田沼意次が述べた。

「町奉行所は知らぬ顔をしておるとな」

「一応、調べはおこなっているようでございますが……」

「下手人《げしゅにん》が誰かわかっても捕縛はせぬと」

「できますまい。なにせ、無宿者の対応は町奉行所の仕事でございますから。それが不十分で被害が出たことで、博徒どもが手を出した。この状況で、博徒を捕まえでもしたら、世間の非難は町奉行所へ向かいましょう」

分銅屋仁左衛門が苦笑した。

「せねばならぬことをせず、他人にさせて文句を言う。それは人として最低なまねであるな」

田沼意次が首を小さく横に振った。

「町奉行所の増員を考えねばならぬの」

「できれば、そうしていただくと助かります」

一考すべきだと口にした田沼意次に分銅屋仁左衛門が頭を下げた。

「中町《なかまち》奉行所を復活させるか」

田沼意次が呟《つぶや》くように言った。

「……中町奉行所でございますか」

分銅屋仁左衛門が首をかしげた。

「知らぬで当然じゃ。中町奉行所があったのは、五代将軍綱吉さまのころで、奉行が二代、奉行所も十七年で廃されたからの」

「お役所が、たった十七年で……」

その短さに分銅屋仁左衛門が驚いた。

役所を新設するとそこに属する役人が生まれる。そして役人たちは保身をなにより
と考えている。そんな役人が十七年でようやくありついた役目を失うことをよしとす
るはずはなかった。
「珍しいであろう」
田沼意次も同じ思いだと言った。
「もともと中町奉行所は、深川や本所などの開拓で広くなった江戸を南北の町奉行所
だけで差配するのは厳しいとのことで作られた」
「本所、深川には本所《ほんじょ》奉行さまがおられたと」
分銅屋仁左衛門が田沼意次の話に疑問を呈した。
「本所奉行のことは知っておるのか。ああ、そう言えば、本所奉行は先代公方さまの
御世《みよ》、享保《きょうほう》まで在ったの」
田沼意次が納得した。
「本所奉行もおもとは、新開地の本所、深川を管轄するために作られた。四代将軍
家綱《いえつな》さまの御世であった。最初は御上《おかみ》も新開地の治政を甘く見られていたのだろうな。
本所奉行に選ばれた二人は、書院番だった。しかも書院番を転じてではなく、加役と
してじゃ」

「加役……副業のようなものでございますか」

説明を聞いた分銅屋仁左衛門が困惑した。

「まあ、あのころはまだ本所も深川の小さな埋め立て地でしかなかったからだろうよ。だが、深川と本所を監督する役目ができた。それから四十年ほどして中町奉行所が、加役の本所奉行では追いつかぬとして創設された」

「なるほど。新しい役目に権を侵された本所奉行さまがお怒りになったと」

分銅屋仁左衛門が裏を見抜いた。

「町奉行のほうが格は高いが、御成《おなり》の駕籠《かご》を警固する書院番は公方さまに近い。綱吉さまはよく御成をなされたからな。そのときに書院番にお声をかけられたこともあったであろう」

田沼意次も分銅屋仁左衛門の推測を認めた。

「結果、中町奉行所を設置するほどではないとされて廃止された。しかし、記録には残っている。新たな役目を作るのは手間だが、廃止されたものの復活は楽じゃ。なにせ新設のときの手続きや、配下たちの手配などについてわかっている」

「南北の両町奉行所さまから、反発はございませぬか」

分銅屋仁左衛門が懸念を表した。

「出せまい。南北の町奉行所だけでは手が足りていないから、今回の騒動になったのだ。反対したら、完璧にやって見せろと叱《しか》られるだけ」

「たしかに」

田沼意次の言葉に分銅屋仁左衛門が首を縦に振った。

「分銅屋」

楽しそうな顔をしながら、田沼意次が分銅屋仁左衛門に声をかけた。

「なんでございましょう」

「中町奉行所はうまくいくと思うか」

「うまくいくというより、いってもらわなければ困りまする。今はまだ博徒どもも節度を持っておりますが、いつまで保《も》つか」

民を巻きこまないようにしている博徒だが、血の気の多い連中である。無宿人が集まっているところを襲撃するだけですんでいるが、いつ町中で出会い頭に斬った張ったをしでかすかわからないのだ。そうなれば命の遣《や》り取り、周囲を気にしている余裕はなくなる。

「吾《われ》が口から出しておきながらだがの。中町奉行所はまともに動けまい」

「理由をお伺いしても」

貴人に対して話してくれとは言えない。語ってくれるのを期待するだけであった。

「なに、少し考えれば、そなたでも、諫山でもわかることだ」

「……拙者にも」

雲の上とまではいかなくとも、左馬介の頭よりも上での話し合いである。傍観者のつもりで気を抜いていたら、いきなり流れ弾が飛んできた。

「少し手助けしてやろう。江戸の町は南北の両町奉行所が差配している」

驚いた左馬介に田沼意次が楽しそうに手がかりを教えてくれた。

「ああ」

それで分銅屋仁左衛門が気づいた。

「えっ、え」

一人だけわかっていない左馬介があわてた。

「落ち着け。町奉行所の与力、同心のことを思え」

もう一つ田沼意次が答えの鍵を投げた。

「与力、同心……」

左馬介もいろいろな町奉行所の役人を見てきた。

「縄張りでございまするか」

わかったと左馬介が声を大きくした。

「正解じゃ」

田沼意次が微笑んだ。

「とはいえ、もう少し早く気づかねば、いずれ困ることになるぞ。雇われているからと上からの命令をこなしていればいいでは、これ以上の伸びは生まれぬ。そなたを上回る敵が出てきたとき、なにもできず分銅屋の身を危うくすることになる。もちろん、そなたの命もなくなる」

微笑みを消した田沼意次が左馬介の不足を指摘した。

「……はい」

厳しい忠告に左馬介がうなだれた。

「話を戻そう。縄張りはもう今の状態で固定されている。幕府が開闢《かいびゃく》以来江戸の町は南北の町奉行所が差配してきたのだ。たかが十七年ていどの中町奉行所の影響などこにもない。そこに新たに割りこんで、縄張りを寄こせと言って聞くか」

「聞きませぬ」

左馬介に代わって、分銅屋仁左衛門が応えた。

「新設されたとしてだが、中町奉行所は南北両奉行所と同格になる。町奉行はまあよかろう。役高はもらえるからの。だが、与力、同心はどうじゃ。余得なしで他の奉行所の者どもと同じ働きを求められて汗を流すか」

「無理でございますな」

分銅屋仁左衛門が頭を上下させた。

「それこそ、縄張りを寄こせ、合力金《ごうりききん》の分け前を寄こせ、誰がやるものかという裏の争いで、市中のことまでは手が回りますまい」

「であろう。作ったことでかえって混乱を招く」

「では、中町奉行所の話はなしで」

田沼意次の考えに分銅屋仁左衛門が確認を求めた。

「いや。利用できる」

「御老中がたのお耳に入れるのでございますな」

「さすがは分銅屋だ」

分銅屋仁左衛門の推察を田沼意次が賞賛した。

「公方さまに執政といえども現実を知らねば役に立たないということを知っていただく絶好の手段だとは思わぬか」

「ですが、それでは田沼さまのお名前にも影響が出ませぬか。おそらくご老中さまのなかに中町奉行所のことなど一寸もございますまい。お勧めしたとなれば……」

「気を遣ってくれてかたじけないの。心配せずともよい。余が直接中町奉行所の話を老中へもたらすつもりはない。御城坊主を使う、あるいは老中出入りの商人を使うなどやりようはあるでな」

田沼意次が頬を緩《ゆる》めた。

「他の者、それも執政に近く、御上の政に詳しい者を使うつもりでおる」

「そのようなお方が」

分銅屋仁左衛門が目を大きくした。

「奥右筆というのを存じおるか。幕政すべての過去を知る者よ」

小さな嗤《わら》いを田沼意次が浮かべた。

三

清水源次郎をはじめとする南町奉行所の役人たちは、山田肥後守利延を見限った。

「砂の楼閣《ろうかく》を作らされているようなものだ」

無宿者を捕まえては、江戸所払いという罪状で放す。

行くところのない無宿者である。もう一度捕まっても同じ無宿者だという証《あかし》がない。

なにせ、人別《にんべつ》もなく、本名を名乗りはしない。

二度目は遠島になるとわかっていても、

「初めてで」

対応すべき無宿者が多すぎて、町奉行所でもすべてを特定できないのだ。

「おまえの顔に覚えがある。駿州《すんしゅう》無宿の忠吉《ただきち》だろう」

顔に傷、身体《からだ》つきなど特徴があって、気づくときもあるが、

「違いやすよ。あっしは信濃《しなの》の出で、安吉でござんす」

「偽りを申すな。このうえは厳しい取り調べを」

舐《な》められていることに怒った町奉行所役人が、そいつを咎《とが》めようとしても、手続きを踏まなければならない。

つまり、入牢させて、取り調べをおこなうことになる。

「もう、入らぬ」

そうなると牢屋奉行石出帯刀が泣きついてくる。二度目、三度目だとわかっていても同じような対処をすることになる。

「穴を掘っては埋め、埋めては掘り」

実際に無宿者を捕縛するために出務する同心たちには、倦怠《けんたい》感がにじみ出ていた。

「何百人の無宿者を捕まえようとも、同心のまま」

犯罪者を捜査し、捕縛、取り調べをして自白をさせる。

これは誰にでもできるものではなかった。だが、これこそ町奉行所の役人を蔑《さげす》む原因であった。

「捕縛など下人のすることじゃ」

手に余れば討ち果たしていい火付盗賊改方《ひつけとうぞくあらためかた》と違い、町奉行所は犯罪者を生きたまま捕まえなければならない。

「罪を犯した者の跡を嗅《か》ぎ回るなど、犬と同じよ」

役目を見下される。

これらのことが重なって、町奉行所の役人は世襲制となり、与力でもお目見えが叶《かな》わなくなった。

「無宿者を江戸から追い出せ」

配下たちがやる気をなくしていても、上は気にしない。

「鋭意努力いたしております る」

嫌ですとは口が裂けても言うわけにはいかなかった。

清水源次郎は努力するという言葉でごまかした。

努力はかならず成果に繋《つな》がるものではない。必死であがいても駄目だったとの結末を迎えることはままある。

「御老中さまにもお褒めいただいておるのだ。そなたたちも誉れと思って、尽力いたせ」

「…………」

上司の機嫌を取るのが部下の役目ではあるが、いつもそうするわけではなかった。

清水源次郎は黙って一礼して、山田利延の前から下がった。

「……だそうだ」

「言葉じゃなくて、金で欲しいものですなあ」

「たしかに」

清水源次郎の報告に、与力、同心が笑った。

「別に御老中さまからでなく、お奉行さまからの褒賞でもかまわぬがの」

老練な年番方与力が声をあげた。

「そうじゃ、そうじゃ」

「金でなくても酒でもよいがの」

皆が要求を口にした。

「静かに。出るわけないだろう。わかっていることを口にするな」

手を叩《たた》いて清水源次郎が馬鹿話を終わらせた。

「さて、お奉行からはもっとやれとのお下知をいただいたわけだが……」

清水源次郎が一同を見回した。

「終わりがまったく見えぬ。これは辛《つら》い」

「たしかにの」

「疲れるだけじゃ」

一同がそろってため息を吐《つ》いた。

「御用聞きどもも嫌な顔をする」

十手を預けてもらっている関係上、指示には従うが休みもないのは勘弁だと露骨に表していた。なにしろ、忙しいからといって手当が増えるわけではないのだ。

「そこでだ。もう無宿者どもを捕まえずともよい」

「おおっ」

「助かる」

清水源次郎の宣言に一同が歓声をあげた。

「だからといって、なにもしなければお奉行の手前、いささかまずい」

「それはそうじゃな」

声の調子を落とした清水源次郎に年番方与力が首を縦に振った。

「そこでだ、無宿者を見かけたら、声をかけよ」

「なんと言って声をかければ」

配下の同心が尋ねた。

「江戸から離れるようにと」

「聞きませぬぞ」

清水源次郎の指示に熟達の臨時廻《まわ》り同心が首を左右に振った。

説得されたくらいで言うことを聞くようなら、最初から騒動は起こっていない。

「そのとおりだ。言うことは聞くまい。それでいい」

「説明をお願いしたい」

臨時廻り同心が要求した。

「やったという事実が大事なのだよ」

にやりと清水源次郎が口の端を吊《つ》りあげた。

「……やったという事実。ああ……」

少し考えた臨時廻り同心が手を打った。

「効果が出たかどうかはどうでもよいと」

「すべての行動が結果を伴うものではないだろう」

臨時廻り同心の確認に清水源次郎が笑った。

「では、今日も一日、励んでくれ」

清水源次郎が一同を送り出した。

柳橋の芸者を辞めたとはいえ、村垣伊勢はお庭番の江戸地回り役から解放されたわけではなかった。

座敷で豪商や各藩の留守居役などの話に聞き耳を立てるという仕事はできなくなったが、他にもできることはある。

「……人出は多いな」

町娘にしては、いささか襟を抜きすぎている村垣伊勢が、浅草寺へと向かっていた。

「たしかに身形《みなり》の酷い者が目立つ」

江戸のなかでもさらに繁華な浅草には、飯の種を求めて無宿者が集まりやすかった。

「おっとごめんよ」

すれ違いざまに村垣伊勢にぶつかった小柄な男が、詫《わ》びながら離れようとした。

「………」

無言で村垣伊勢は小柄な男が合わせに差しこんだ手を摑《つか》んで逆にひねった。

「ぎゃっ」

村垣伊勢の財布を掏《す》ろうとしていた小柄な男が苦鳴《くめい》をあげた。

「お、折れた、折れた」

小柄な男の利き腕の手首が力なく垂れさがった。

「ふん」

鼻で嗤《わら》って村垣伊勢が背を向けた。

掏摸《すり》は一種職人に近い。小さなころから指先の力を鍛え、素早く動けるように肩、肘、手首を柔らかくする。一瞬で、相手に気づかれることなく財布を掏るために、かなりの修業を重ねている。その重要な手首の骨をねじり折られた。まっすぐ割れるような骨折なら、しばらく安静にして骨がくっつくのを待ち、その後訓練をすれば現役復帰も可能だが、生木を裂くような形に折られては復活は無理であった。

「変わらぬ。町奉行所は手が足りていない」

人が多いところに掏摸は出る。金持ちの寮が多い小梅《こうめ》村で稼ごうという掏摸はいなかった。

それこそ一丁（約百十メートル）四方に獲物以外の人がないのだ。混雑を利用して近づくこともできないし、身体をぶつけるだけの理由もない。遠目に姿が見えた段階で警戒される。

掏摸は繁華な場所だからこそ発生する。

もちろん、町奉行所もそのようなことはわかっていた。だからといって浅草だけに人手を割くことは難しい。

「やられるほうがまぬけなんだよ」

江戸の町人には、そういった被害者を揶揄《やゆ》する風潮もある。

これらが相まって、浅草は掏摸の稼ぎ場となっていた。

「掏摸を捕まえるだけの手勢がないのに、無宿者狩りをするなど。よほど町奉行の頭はめでたいと見える」

村垣伊勢が嘲笑《ちようしよう》を浮かべた。

「まあ、馬鹿はどこにでもいる。身分の上下を問わずにな」

「おい、女」

口のなかで村垣伊勢が唱えた直後に、乱暴な声がかけられた。

「…………」

聞こえていても、村垣伊勢は無視して足を進めた。

「待ちやがれ、女」

後の声が大きくなった。

それにも村垣伊勢は反応しなかった。

「こいつっ」

我慢ができなくなったのか、足音が村垣伊勢へと迫った。

「おやっ、あたしのことでござんすか」

さっと振り向いた村垣伊勢が、柳橋芸者時代の歯切れのいい口調で言った。

「……おめえにきまっているだろう」

後ろから肩に手をかけようとした身体の大きな無頼に堕《お》ちた無宿者が、戸惑いながらも返した。

「わかるわけありませんやね。どれだけの女が、ここにいると」

村垣伊勢が周囲を見ろと手で表した。

「うっ」

浅草寺に近いだけに、参詣、遊興の人が多い。その半分とは言わないが、かなりの数が女であった。

正論に無宿者が詰まった。

「付いてこい」

気を取り直した無宿者が、村垣伊勢に命じた。

「お断り」

村垣伊勢が一言で拒否した。

「てめえ、黙って付いてこい。でなければ、往来で恥を掻《か》くことになるぞ」

無宿者が下卑《げび》た笑いを浮かべながら、村垣伊勢の胸や腰を見た。

「なんで付いていかなきゃいけやせんので」

「さっき、銀次《ぎんじ》の手首を折っただろう」

首をかしげた村垣伊勢に無宿者が続けた。

「誰のこと」

村垣伊勢が顎の下に人差し指を添えて、首をかしげた。

「さっきのことだ。知らぬとは言わさねえ」

無宿者が声を大きくした。

「ああ、あの手癖の悪い男かい」

今思い出したと村垣伊勢が両手を合わせた。

「あれはひでえ。もう、銀次は仕事できないだろう。男一人の一生を台無しにしたんだ。相応の詫びをするのが人の道というものだろう」

無宿者が楽しそうに告げた。

「他人の財布を盗むことが、立派だとでも」

「そういったことじゃねえ。怪我についてだ」

突っこんだ村垣伊勢に無宿者が論点をそらした。

「とにかくお断りさね。おととい出《い》でな」

「この女《あま》、甘い顔をしているとつけあがりやがって……」

罵声を浴びせた村垣伊勢に無宿者が怒った。

「らちがあかねえ。こいと言ってるだろうが」

もう一度無宿者が手を伸ばしてきた。

「触るんじゃないよ、汚《けが》らわしい」

村垣伊勢が無宿者の手を払った。

「つっ、逆らう気か」

はたかれた手を無宿者が引っこめた。

「黙って聞いていりゃあ、掏摸ができなくなったから弁償しろだあ。どこにそんな話が通じる世のなかがあるっていうんだい」

大声で村垣伊勢が啖呵《たんか》を切った。

「どうした」

「なんだ、喧嘩《けんか》か」

大勢のなかである。たちまち野次馬が寄ってきた。

「見世物じゃねえぞ」

無頼が手を大きく左右に振って、野次馬たちを散らそうとした。

「おっ、あれは加壽美姐《ねえ》さんじゃねえか」

「本当だ。あの立ち姿は柳橋一の名妓《めいぎ》と言われた加壽美だ」

村垣伊勢に気づいた野次馬が、一層興奮した。

「……柳橋の名妓だと」

無宿者が頬をゆがめた。

そのへんの常磐津《ときわづ》か三味線の師匠あたりだと踏んで、脅かせば小遣い銭とその豊満な身体を楽しめる、いや、そのまま色男として住まいに転がりこんでともくろんでいたのが、有名な女となると思惑が外れる。見て見ぬ振りをする者の数が減るからであった。

「女に絡《から》むなんぞ男の風上にも置けねえ」

「おい、あいつ無宿者じゃねえか」

すでに野次馬は無宿者の敵になっている。

「…………」

だからといって、このまま逃げたのでは、どのような捨て台詞《ぜりふ》を吐こうとも、女に負けた男になってしまう。

これだけの人に顔を見られているとなれば、もうこの辺で強請集《ゆすりたか》りや脅しはできなくなる。

「関係ねえ奴が口を挟むんじゃねえ」

無宿者が落ち着きをなくした。

「てめえこそ、江戸の者でもねえのに、加壽美姐さんに手を出そうなんぞ、太《ふて》え野郎だ」

野次馬が言い返した。

「まずいな」

周囲が全部敵になった。

無頼の腰が引けた。

「おい、誰か布屋の親分を呼んでこい」

「合点」

野次馬の数人が輪から走り出した。

四

「ちっ。女、顔を覚えたからな」

このままですます気はないと無宿者が村垣伊勢に指を突きつけた。

「おあいにくさま。このまま逃がすわけないでしょ」

伝法な加壽美を演じた村垣伊勢が、突き出された無宿者の人差し指を摑んだ。

「やっ」

指というのは思ったよりも可動範囲が狭い。女お庭番として武芸の鍛錬を受けていた村垣伊勢にとって、摑んだ指を使えば敵の体勢を崩すことなど容易であった。

「あわっ」

指を身体の外へと向けて曲げられた無宿者が、あわてて逆らおうと力を入れた。

「お間抜け」

それに合わせて村垣伊勢が、逆へとひねりを変えた。

「えっ」

己の体重移動を利用された無宿者が、ものの見事にすっ転んだ。

「わあああ」

「姐さん、お見事」

地面に転がった無宿者の姿に、野次馬が歓声をあげた。

「……があああ、もう許さねえ」

立ちあがった無宿者が怒りの叫びをあげ、懐《ふところ》から匕首《あいくち》を出した。

「わあああ」

「抜きやがった」

たちまち村垣伊勢を褒めていた野次馬が散った。

「…………」

ちらと村垣伊勢が周囲に目をやった。

「いた」

村垣伊勢が小さく唇を吊りあげた。

「なに笑ってやがる」

正面から見ていた無宿者だけが、村垣伊勢の変化に気づいた。

「助けて……」

不意に村垣伊勢が、か細い声を出した。

「そうきたか」

湯屋帰りに野次馬の壁越しに騒動を見ていた左馬介はため息を漏らした。

偶然の通りがかりである。最初から見ていたわけではなく、村垣伊勢が無宿者をひねり倒したところからだが、不安はなかった。

左馬介は何度も村垣伊勢のすさまじさを見せつけられているし、その体術で翻弄されたことも多かった。

「目が合ったなあ」

村垣伊勢の思惑に左馬介は気づいていたし、乗るしかないとわかってもいた。

「いくら意気を売りものにする柳橋芸者でも、刃物相手はまずいか」

座敷で男にいたずらされることなど日常茶飯事、空き座敷に連れこんで手籠《てご》めにしようとする客もいる。そういった連中から身を守るために、多少の心得があるのは不思議ではない。だが、刃物相手の立ち回りが余裕でできているのは違和感を生んでしまう。

「なにより、このまま知らぬ振り、聞こえぬ振りを決めこんで逃げたら……後が怖いな」

左馬介が足を前に進めた。

「えへっへ。今さら謝っても遅いぞ」

怯《おび》えた振りの村垣伊勢に無宿者が勝ちを確信した。

「ああ、もう、そのへんでやめておけ」

颯爽《さっそう》とは真逆の気怠《けだる》い顔で、左馬介が無宿者を制した。

「なんじゃ、おまえは」

「諫山先生」

無宿者が問うと同時に、村垣伊勢が左馬介へ駆け寄った。

「怖かった」

震えながら村垣伊勢が左馬介にすがりついた。

「怖いのはこっちじゃ」

左馬介が声を潜めて言った。

「もぎとられたいか」

顔を左馬介の胸に押しつけたままで、村垣伊勢がささやいた。

「なにを」

「出っ張っているものよ」

思わず訊いた左馬介に村垣伊勢が述べた。

「姐さん、後ろへ」

剣呑《けんのん》な話をされた左馬介が、村垣伊勢を背後にかばった。

「その女を渡せ」

無宿者が匕首をひらめかせた。

「危ないぞ」

左馬介が無宿者に集中した。

「うるさい、食い詰め浪人が」

無宿者が切れて、突っこんできた。

「目を閉じてどうする」

修羅場は嫌になるほど踏んでいる。左馬介は無宿者が目をつぶっていると気づいた。目をつぶれば、なにも見えなくなる代わりに、恐怖心も薄くなる。技も修練もない無頼などが、怯えをごまかすためによくやる方法であった。

「足下が留守だぞ」

左馬介は懐の軍扇《ぐんせん》を無宿者の臑《すね》へと投げつけた。目を開けていれば、投げられた軍扇ぐらいならばかわせたであろうが、闇夜のつぶては避けがたいを無宿者自ら体現することになった。

「ぎゃああ」

臑は肉が薄いため、直接力が骨に伝わる。その痛みは激烈であった。

「あああああ」

足を抱えて痛みに転がり回る無宿者に、左馬介が近づいた。すでに匕首は遠くへ飛んでいた。

「後は布屋の親分どのに預けるとしようか」

軍扇を拾いあげた左馬介が遠巻きの野次馬に顔を向けた。

「そういうことでよいかの」

「よろしゅうござんすよ。先生のことはよく存じております」

浅草でだけだが、左馬介は有名人である。何度も盗賊たちから分銅屋を守ったというだけでなく、それでも偉そうにせず腰の低いのが、評判となっていた。

野次馬のなかにいた壮年の商人らしい男が応じた。

「姐さんを連れて帰ってあげてくださいな」

壮年の商人が、まだ左馬介から離れようとしない村垣伊勢を気遣った。

「そうさせてもらおう」

「先生が襲っちゃいけやせんよ」

うなずいた左馬介を別の野次馬がからかった。

「せぬわ」

そのようなまねをすれば、まちがいなく男の急所を潰《つぶ》される。左馬介は真顔で否定した。

「先生……早く」

辺りに聞こえるかどうかぎりぎりのか細い声で村垣伊勢が願った。

「さっさとしろ」

続けて聞こえないような小声で村垣伊勢が左馬介を急《せ》かした。

「……ああ。歩けるか」

あわてて左馬介が、村垣伊勢を歩かせるためにしっかりと立たせようとした。

「………」

ふるふると村垣伊勢が首を左右に振って、歩けないと訴えた。

「先生、野暮はいけやせんや。こういうときは抱きかかえてあげるのが、男というものですぜ」

先ほど野次を飛ばした男が左馬介の背中を押した。

「そ、そういうものか」

「そういうもので」

たしかめた左馬介に男が頭を縦に振った。

「失礼いたす」

左馬介が村垣伊勢の背中と太もものあたりに手を添えて抱きかかえた。

「すいません」

詫びながら村垣伊勢が左馬介の首に両手を回した。

「ゆっくり運べ」

「多くの他人目《ひとめ》に付くではないか」

村垣伊勢の指示に左馬介が抵抗した。

「それが狙いよ」

他から見えない角度で、村垣伊勢が嗤《わら》った。

「なにを考えている」

歩きながら左馬介が警戒した。

「なあに、普通の女がどういったものかを知りたいと思っての」

「…………」

生まれたときには女お庭番になることが決められていた村垣伊勢の生い立ちを推測した左馬介はなにも言えなかった。いや、言わなかった。

五

博徒による無宿者狩りについて町奉行所の役人は、町奉行二人を蚊帳《かや》の外に置いていたが、それにも限界はあった。

「知っておるのか」

江戸の町で起こっている博徒の一家と無宿者の争いは、またも老中西尾隠岐守から、山田利延と依田政次に教えられた。

「なにをでございましょう」

町奉行はその職務上、市中へ出ることはまずない。江戸城から下がった後は、筆頭与力から報告を受け、それへ対応指示をしたあとは、ずっと書付の処理にかかりきりになる。江戸の町人も町奉行所になにか頼みたいときは、出世するなり更迭されるなりして職を離れてしまう町奉行よりも、代々その役目を受け継いでいる筆頭与力に話を持ちかけるため、来客もあまりない。あったとしても江戸の市中が騒がしいなど町奉行の手腕を疑うようなことを言うはずもなかった。

「火付盗賊改方は知っていたぞ」

「なっ」

「それは」

職務が重なる競争相手の名前を出された山田利延と依田政次が驚愕《きようがく》した。

「お城下で無宿者と旧来の博徒が争っているという。数日前に面談に来た商家の者が話してくれたわ」

聞いたのは用人の右門であったが、そこまで言う意味はない。

「なっ」

「そのようなこと報告を受けておりませぬ」

二人の町奉行が唖然《あぜん》とした。

「はああ」

西尾隠岐守が大きくため息を吐《つ》いた。

「これは真剣に火付盗賊改方へ江戸の治安維持の役目を移管することを検討せねばならぬの」

「ご老中さま」

「それぱかりは……」

二人の町奉行の顔色が変わった。

町奉行も権益のある役人である。その力が及ぶ範囲は広く、権力も大きい。

もちろん職責は重く、無事に務めを果たす、あるいは功績を立てれば、大目付への出世もある旗本の顕職であった。その町奉行所の役目で大切なものが江戸城下の治安の維持であった。かつて三代将軍家光《いえみつ》の死に乗じて謀叛《むほん》を起こそうとした由比正雪《ゆいしようせつ》の乱でも、町奉行がその解決をした。先手組、大番組を差し置いて町奉行所が中心となり得たのは、城下の治安維持を幕府から命じられていたからであった。

その治安維持を取りあげられる。

「山田肥後守のせいで」

「失策を犯した依田和泉守が」

以降、町奉行になったすべての旗本、余得を失った与力、同心から罵《ののし》られることになる。

「お考え直しを」

「なにとぞ」

山田利延と依田政次が西尾隠岐守にすがりついた。

「これが最後の機である」

西尾隠岐守が厳しい表情を見せた。

「…………」

山田利延と依田政次が無言で首肯した。

「十日だけ猶予をくれる。それまでに成果を出せ。出せなければ……」

じろっと西尾隠岐守が二人を睨《にら》んだ。

「十日……」

「短すぎまする」

二人が猶予を長く欲しいと願った。

「今までどれだけ待った。余も公方さまからお叱りを受けておるのだぞ」

「…………」

「申しわけも……」

上司に責任が行くのは当たり前だが、それをするのは役人にとって最大の禁忌であった。

「ふん」

謝罪した二人に鼻を鳴らして、西尾隠岐守が去っていった。

「……お怒りであった」

「当然であろうな」

残された山田利延と依田政次が嘆息した。

「それにしても……与力どもめ」

山田利延が憤懣を露わにした。

「そうじゃ。なぜ報告をあげなかった」

依田政次も怒った。

「戻ったならば、ただではすまさぬ」

「そうじゃ」

二人がうなずきあった。

田沼意次は家重と大岡出雲守と会談の後、許しを得て御用部屋へと出向いた。

「公方さまのご内意をお伝えに参った」

「ただちに」

将軍の名前に御用部屋坊主が飛びあがって、反応した。

「なにっ、公方さまの……」

老中首座堀田《ほった》相模守正亮《さがみのかみまさすけ》もあわてた。

「お待たせをいたしましてございまする」

今の田沼意次は家重の代理になる。堀田相模守が丁重な態度を取るのは当然のことであった。

「公方さまのご内意を伝える。城下のことを気にしておるとのことである」

「それはっ」

誰が家重に要らぬことを告げたと堀田相模守が田沼意次を睨みつけた。

「浜御殿《はまごてん》へ御成になられたであろう」

すでにその意味など見抜いている。田沼意次が応えた。

家重は鳥の絵を描くことを好んでおり、四季折々の渡り鳥がやってくる浜御殿によく通っていた。

「御成……」

これが増上寺《ぞうじょうじ》や寛永寺《かんえいじ》などへの参詣ならば、供頭《ともがしら》として老中か若年寄が同行する。

しかし、浜御殿へは家重の趣味であり、公でないため執政衆は供しないのが慣例であった。

「公方さまのお心をお煩《わずら》わせいたし、申しわけの次第もございませぬ。ただちに町奉行に命じまして……」

「ああ、待たれよ」

堀田相模守の返答を田沼意次が遮った。

「なにか」

邪魔をされた堀田相模守が不機嫌そうな声を出した。

「町奉行にては不足とわかった。執政衆がことに当たるようにとのご諚《じょう》」

「我らがっ」

命じられた堀田相模守が絶句した。

「お伝えいたした。では」

田沼意次が用はすんだと踵《きびす》を返した。

「……ああ」

数歩進んだところで、将軍の名代を見送るために動かずにいた堀田相模守を田沼意次が振り返って見た。

「もう一つ。公方さまが台命《たいめい》を出させぬようにと」

「お気遣い感謝いたしまするとお伝えくだされ」

正式な命令にすることなく、終わらせてみせよと家重が言っていると聞かされた堀田相模守が手を突いた。

「……さて、次の仕掛けじゃの」

顔をもとに戻した田沼意次が呟いた。


田沼意次の持ってきた内命に、御用部屋は騒ぎになった。

「我らに城下の騒擾《そうじょう》を抑えよと」

「町奉行が頼りにならぬのは、まさにその通りではあるが……」

「まさか、我らに兵を出せとのお考えではなかろうな」

「それこそ火付盗賊改方の役目であろう」

老中たちは混迷を極めた。

「とにかく、なにか手を打たねば、我らが無能として公方さまよりお咎めを受けることになる」

老中をまとめる首座の地位にある堀田相模守が、一同を落ち着かせようとした。

幕政の、役人の頂点である老中だが、更迭されることはままあった。

「諮問《しもん》あるまで登城に及ばず」

軽くて地位は剥奪《はくだつ》されずに、飾りとされる。

「職を免ずる」

普通ならば、免職ですむ。

「要職にありながら……」

重ければ老中になったときの加増や移封《いほう》を取り消される。

「封地《ほうち》の一部を召しあげ、奥州へ転じる」

最悪は減封《げんぽう》のうえ、収穫の悪い寒冷地に移される。

さすがに老中まで務めた者を改易することはない。それをすれば、その者を老中に任じた将軍の識見にも問題が出てくるからだ。

とはいえ、幕政の頂点から追い落とされるのは、大名として恥になるだけでなく、子孫にも影響が出る。まず、嫡子《ちゃくし》が老中には就けなくなる。

「我が家は江戸に五十人ほどしか家臣を置いておらぬ。とても江戸を巡回させることはできぬ」

堀田相模守が首を横に振った。

五十人全部を巡回に出してしまうと、藩としての活動が止まるだけでなく、老中の役目にも問題が出てくる。

「当家も同じでござる」

西尾隠岐守も首を左右に振った。

「兵を出すのは厭《いと》わぬが、効果のほどは望めまい」

堀田相模守が嘆息した。

家臣は兵であり将であった。しかし、泰平が続いたことで、戦いの経験がある者はいなくなっている。さらに家としての訓練もしていなかった。家臣の一人一人が剣術を学んだり、弓を鍛錬したりしているが、それよりもなにもしていない者のほうがはるかに多い。

武芸のたしなみのある者、刀なんぞ抜いたこともない者を混ぜて、江戸の町を巡回させ、博徒による無宿者狩りを見つけ次第、一丸となって制圧するなど、戦術に不明な大名でもわかることであった。

「では、どういたす」

西尾隠岐守が有効な意見を要求した。

「火付盗賊改方を増員するか」

本役である先手組は、ときによって増減するが三十組ほどある。加役である火付盗賊改方は三組くらいなので、まだ増員は可能であった。

「あやつらは遠慮がない」

西尾隠岐守の提案に堀田相模守が不同意を示した。

犯罪者を捕まえるのに周囲への気遣いを一切しない火付盗賊改方の評判は悪い。

「先手組は若年寄の支配。悪評は我らに届かぬぞ」

否定された西尾隠岐守が、責任を押しつける相手があると言った。

「公方さまのお言葉を思い出されよ。次は我らの責を問うと仰せられたのだぞ」

「むっ」

堀田相模守に諭された西尾隠岐守が詰まった。

「人手が足りぬ……か」

あらためて西尾隠岐守が、思案に入った。

「よろしゅうございましょうか」

日頃は他人を気にして、火鉢の砂に文字を書いて密談する老中たちが、声を荒らげてやりあっているのだ。御用部屋に詰めている坊主や奥右筆にも内容は聞こえていた。

「…………」

聞こえぬ振りをしろと暗にこめた目で堀田相模守が口を出した奥右筆を咎めるような目で見た。

「お叱りはいくらでも」

奥右筆が頭を垂れたが、引き下がらなかった。

「いかがかの」

「覚悟があるならばよろしかろう」

「お任せいたす」

堀田相模守が進言をさせるかどうかを問い、老中たちが認めた。

「申してみよ。くだらぬことであったならば、そのままにはすまさぬぞ」

「お許しをいただきましたこと、お礼申しあげまする」

老齢の奥右筆が顔をあげた。

「町奉行所の手が足りぬとのお話であったかと存じまするが、それでよろしゅうございましょうや」

まちがえていないかどうかを老齢の奥右筆が確認した。

「まちがいないぞ」

「なれば、先例がございまする」

「先例があるのか」

「まことか」

老齢の奥右筆が口にした先例という言葉に、堀田相模守らが食いついた。

「五代さまのころに南北だけでは江戸の治安がおぼつかぬと中町奉行所が設けられておりました」

「今はないぞ」

西尾隠岐守が、戸惑った。

「わずか十七年で廃されましたが、二代の中町奉行が任じられておりまする」

「十七年……役に立たなかっただけではないか」

老齢の奥右筆の話に堀田相模守が落胆した。

「いや、考えようによってはよいかも知れぬ」

西尾隠岐守がまだあきらめるのは早いと述べた。

「どういうことかの」

堀田相模守が尋ねた。

「奥右筆、中町奉行所が潰れたとき、奉行であった者はどうなった」

「坪内《つぼうちの》能登守《とのかみ》さまは自ら町奉行を辞して寄合に」

老齢の奥右筆が記録をそらんじた。

「町奉行の辞任と中町奉行所の廃止は別もの……そのようなはずはないか」

「能登守さまは辞任される前に、流人《るにん》証文に記載する罪人の名前をまちがえたことで、綱吉さまよりお叱りを受け、一カ月の拝謁禁止を命じられておられまする」

首をひねった西尾隠岐守に老齢の奥右筆が付け加えた。

「免職ではなく、辞任という形をさせたか。温情だな」

西尾隠岐守がうなずいた。

「では、中町にいた与力、同心はどうなった」

「一部免職になった者もおりましたが、ほとんどは遠国《おんごく》奉行支配へと転じておりまする」

さらに問うた西尾隠岐守に老齢の奥右筆が語った。

「ようは、中町奉行所がなくなったことで辛い思いをした者はおらぬのだな」

「と考えまする」

念を押された老齢の奥右筆が頭を縦に振った。

「では、創設のときの人員はどこから」

「八丁堀《はっちょうぼり》の与力、同心の次男や三男を召し出したとありまする」

「重畳じゃ」

「意味がわからぬぞ」

西尾隠岐守と老齢の奥右筆の二人の会話に堀田相模守が苛立《いらだ》ちを見せた。

「都合がよいと思われませぬかな。簡単に作れ、要らなくなったらあっさりとなくせる。人員を集めるのも、転じるのも容易。なにより前例がござる」

「……ふむ」

堀田相模守が西尾隠岐守の策の良否を考え出した。

「前例があれば、我らに責は来ぬな」

「参りますまい」

前例こそ、幕府にとって金科玉条なのだ。前例に従えば、失敗しても責任は軽い。

「できれば今の人員の一倍半……町奉行所も人手が足りぬとは言えぬな」

俄然《がぜん》堀田相模守も乗り気になった。

「ご一同、そういうことでよろしいな」

「結構でござる」

「異議はござらぬ」

堀田相模守の確認に一同が応じた。

執政たちの動向を気にしないようでは、いや先読みできないようでは、江戸藩邸の家老や用人は務まらない。代々江戸家老の家柄などというのはなんの保証でもなく、使えないとわかれば、国へと呼び戻し当たり障りのない役目を与えて飼い殺しにする。いかに先祖が過去の藩に功績があろうとも、江戸は今の藩の存亡を担うのだ。

「ご老中さまが、無宿者を排除するとお考えじゃ」

「当家の武名を天下に知らしめる好機ぞ」

すぐに多くの大名の江戸屋敷は藩士を組ませて、藩邸周囲を巡回させた。

「要らぬ手出しをするな」

火付盗賊改方などが苦情を言ったが、

「辻番《つじばん》でござる」

大名が大義名分で反論した。

幕初、江戸での辻斬りや夜盗、強盗の跳梁跋扈《ちょうりょうばっこ》に手を焼いた幕府は、大名、旗本に屋敷の周囲の治安を守る辻番を設置させた。その後、天下が安定するにつれて、辻斬りなどは減少し、今では畑の案山子《かかし》と化した辻番だったが、まだ幕府から廃止の指示は出ていない。

「我らの邪魔だけはせぬように」

辻番と言われれば、そこまでであった。これ以上文句を付ければ、幕府への批判となる。

苦い顔で火付盗賊改方が引いた。

「国元から武芸の達者を呼び寄せよ」

幕府にすがって預かり領である南山《みなみやま》五万石を下賜して欲しいと願っている会津《あいづ》藩もすぐに行動に出た。

会津は尚武《しょうぶ》の気風が濃い。戦国が遠くなったが、藩士たちは皆、朝稽古《あさげいこ》を続けている。昨今の刀が重いという連中とはひと味違った。

「もう一つ、無宿者を藩内で預かると申し出るぞ」

会津藩松平《まつだいら》家江戸家老井深深右衛門《いぶかしんえもん》は手を打った。

井深深右衛門は出入りしている御用聞きから、牢《ろう》屋敷が満杯になっているという話を聞いていた。

「預かった無宿者はいかがなさいまするか」

「南山領の開墾に使え。無宿者ならば使い潰したところでどこからも苦情は来ぬ。御上はとにかく江戸から無宿者を放り出したいだけなのだ」

問うた江戸留守居役の井頭茂右衛門《いのがしらもえもん》へ、井深深右衛門が嗤った。

「御上に恩が売れて、当家は田畑が拡《ひろ》がる。まさに一挙両得じゃ」

井深深右衛門が自らの案を自賛した。


〈つづく〉

本書は、ハルキ文庫のために書き下ろされた作品です。

時代小説文庫
う 9-16

日雇《ひやと》い浪人生活録《ろうにんせいかつろく》(十五) 金《かね》の蠢《しゅん》動《どう》

著者 上《うえ》田《だ》秀《ひで》人《と》
2023年 11月18日第一刷発行

発行者 角川春樹

発行所 株式会社 角川春樹事務所
〒102-0074 東京都千代田区九段南2-1-30 イタリア文化会館

電話 03(3263)5247[編集] 03(3263)5881[営業]

印刷・製本 中央精版印刷株式会社

フォーマット・デザイン&シンボルマーク 芦澤泰偉

ISBN978-4-7584-4601-3 C0193
http://www.kadokawaharuki.co.jp/[営業]
fanmail@kadokawaharuki.co.jp[編集] ご意見・ご感想をお寄せください。